Marcia Grad

W0013613

La Princesse
qui croyait
aux
Contes de Fées

Editions Vivez Soleil

Titre original : *The Princess Who Believed in Fairy Tales*
© 1995 by Marcia Grad
© 1996 by Wilshire Book Company
Couverture : Les 4 Lunes
Traduction : Manuela Dumay
© 1997 Copyright Éditions Vivez Soleil
CH-1225 Chêne-Bourg / Genève
ISBN : 2-88058-162-1

Marcia Grad

La Princesse
qui croyait
aux
Contes de Fées

Table des Matières

Première partie

Chapitre Un
Un jour, mon prince viendra

Il était une fois une adorable petite princesse aux cheveux blonds. C'était une enfant délicate, qui s'appelait Victoria et croyait de tout son cœur aux contes de fées. Elle était en effet persuadée que les princesses finissent toujours par être secourues par un prince charmant qu'elles épousent et avec qui elles vivent heureuses et ont beaucoup d'enfants. La petite princesse croyait qu'il suffisait de faire un vœu pour qu'il se réalise ainsi qu'au triomphe du bien sur le mal et à la toute-puissance de l'amour qui peut déplacer des montagnes — convictions tout droit sorties des contes de fées.

Depuis sa plus tendre enfance, la petite princesse connaissait chaque soir le même rituel : après un bain plein de mousse, elle se glissait encore toute chaude sous ses édredons roses, se blottissait au creux de sa montagne d'oreillers et la reine lui racontait alors des histoires de damoiselles en proie aux pires périls. Qu'elle soit en haillons, condamnée à dormir cent ans ou victime d'une autre malédiction, la belle jeune fille était toujours secourue par un prince charmant, superbe et courageux, qui avait bravé mille dangers. La petite princesse se délectait de chacun des mots que lui lisait sa mère puis s'endormait en se racontant des contes de fées de son invention.

— Mon prince viendra-t-il un jour ? demanda-t-elle un soir à la reine, ses grands yeux dorés écarquillés d'émerveillement et d'innocence.

— Oui, ma chérie, lui répondit la reine. Un jour.

— Et sera-t-il grand et fort et courageux et beau et charmant ? demanda la petite princesse.

— Bien sûr. Tout ce dont tu peux rêver et bien plus encore. Il sera la lumière de tes jours et ta raison de vivre, car ainsi doit-il en être.

— Et vivrons-nous heureux pour toujours comme dans les contes de fées ? continua la petite princesse, perdue dans ses rêves, la tête penchée de côté et les mains posées sur les joues.

La reine caressa tendrement les cheveux de la petite princesse.

— Oui, comme dans les contes de fées, répondit-elle. Maintenant il est l'heure de dormir.

Elle posa un baiser léger sur le front de la petite princesse et quitta la chambre en fermant doucement la porte derrière elle.

— Tu peux sortir maintenant, il n'y a plus de danger, murmura la petite princesse en se penchant pour soulever les franges de la literie. Allez, viens !

D'un bond, Timothy Vandenberg III sauta sur le lit et s'installa à sa place habituelle, à côté de sa petite maîtresse. Il ne ressemblait pas du tout à un Timothy Vandenberg III mais bien plutôt à un gros chien sans race et sans classe. Mais la petite princesse l'adorait comme s'il eût été le plus princier des chiens. Elle le serra dans ses bras et il s'endormirent tous les deux paisiblement.

Souvent, la petite princesse allait prendre le maquillage de la reine et appliquait du rouge sur ses joues. Puis elle se rendait dans l'immense garde-robe et enfilait une robe de bal et des chaussures à talons hauts en prétendant qu'il s'agissait de pantoufles de vair. Elle soulevait à deux mains les grands plis de tissu et se mettait à tourner dans sa chambre dans un grand bruit de talons, avec des battements de cils et de profonds soupirs de jeune fille coquette et timide. Elle disait alors :

— J'ai toujours su que vous viendriez, mon prince. Mais oui, pourquoi pas, certainement, je serais très honorée d'être votre épouse.

Puis elle mimait les scènes où le prince charmant venait à son secours en récitant par cœur les passages de ses contes de fées préférés.

La petite princesse s'entraînait assidûment à accueillir son prince le jour où il viendrait et ne se fatiguait jamais de répéter son rôle au point qu'elle était devenue très experte dans le battement de cils, les soupirs et l'acceptation d'une proposition de mariage.

Le jour de son septième anniversaire, après qu'elle eut fait son vœu en secret et soufflé les bougies disposées sur le gâteau au chocolat, la reine se leva et vint vers elle, portant un paquet enveloppé et enrubanné de façon très élaborée.

— Maintenant que tu as atteint l'âge de raison, ton père et moi pensons que tu pourras apprécier ce cadeau exceptionnel. Il a été transmis de mère à fille depuis des générations et j'avais exactement ton âge quand ma mère me l'a donné le jour de mon anniversaire. Et nous espérons te voir le donner un jour à ta propre fille.

La petite princesse tendit les mains et la reine y déposa le paquet. Bien que très impatiente et comblée de joie par son cadeau, c'est avec beaucoup de soin que la petite princesse défit le ruban car elle collectionnait les rubans et les nœuds des cadeaux qu'elle recevait. Puis elle enleva le papier avec mille précautions afin de ne pas le déchirer et en dégagea lentement une vieille boîte à musique surmontée de deux élégantes figurines représentant un couple de valseurs.

— Oh ! regardez ! s'exclama la petite princesse en touchant délicatement les figurines du bout des doigts. C'est une demoiselle et son prince !

— Fais-la marcher, Princesse, lui dit le roi.

Elle tourna la petite clef en faisant attention de ne pas la forcer. Et, comme par magie, le carillon joua l'air de « Un jour mon prince viendra » et les figurines se mirent à tourner au son de la musique.

— C'est ma chanson préférée ! s'exclama la petite princesse.

La reine était contente.

— C'est une promesse pour l'avenir, dit-elle à sa fille, et qui te rappellera ce qui doit être.

— Ça me plaît beaucoup, fit la petite princesse qui était fascinée par la musique et la valse des figurines. Merci ! Merci !

Victoria était très impatiente de monter dans sa chambre ce soir-là pour jouer en toute tranquillité avec sa boîte à musique et pour rêver avec Vicky, sa meilleure amie, qui était invisible et dont le roi et la reine disaient avec insistance qu'elle n'existait pas.

— Dépêche-toi, Victoria, lui dit Vicky tout excitée, dès que la porte de la chambre fut fermée. Fais-la marcher !

— Mais je me dépêche ! répliqua Victoria qui installait la boîte à musique sur sa table de chevet avant de la mettre en marche.

Vicky se mit à fredonner tandis que l'air de « Un jour mon prince viendra » emplissait la pièce.

— Allez viens, Victoria ! lança-t-elle. J'ai envie de danser.

— Je ne sais pas si on peut. Je pense que…

Vicky lui coupa la parole.

— Tu penses trop, Victoria. Allez, viens !

La petite princesse alla se mettre devant l'immense miroir sur pied qui occupait un coin de sa chambre décorée en rose et blanc. A chaque fois qu'elle se regardait dans ce miroir, elle se trouvait si belle qu'elle avait envie de danser. Et cette fois-ci, entraînée par la musique de sa petite boîte, elle ne put s'en empêcher. Avec une grâce infinie, mue par une inspiration qui venait du plus profond de son petit être, elle se mit à valser, à tourner et à virer en touchant presque le sol pour remonter en tendant les bras vers le ciel. Timothy Vandenberg l'accompagnait et dansait en s'amusant à sa manière de chien.

La femme de chambre entra dans la pièce pour préparer le lit de la princesse comme elle le faisait chaque soir. Elle prit un tel plaisir à regarder la danse joyeuse de Victoria qu'elle mit beaucoup plus de temps qu'à l'accoutumé à accomplir sa tâche.

Soudain, la reine apparut au seuil de la porte. La femme de chambre était confondue que la reine l'ait trouvée en train d'admirer la petite princesse au lieu de faire son travail.

Timothy, conscient du danger, alla immédiatement se réfugier sous le lit.

Mais Victoria était tellement absorbée par sa danse qu'elle ne s'aperçut de la présence de la reine que lorsque celle-ci ordonna à la femme de chambre de quitter la pièce. Elle s'arrêta net, figée au milieu d'une virevolte.

— Vraiment, Victoria ! dit la reine. Comment peux-tu t'adonner à cette agitation indigne ?

La petite princesse était mortifiée et se demanda comment il pouvait être mal de faire quelque chose d'aussi agréable.

— Si tu veux danser, lui dit la reine, il faut que tu apprennes à le faire correctement. Le corps de ballet royal possède d'excellents professeurs qui t'enseigneront les danses qui conviennent à une princesse à l'inverse de ces pirouettes et de ces moulinets dignes des filles les plus vulgaires. Et quand je pense que de surcroît tu te donnes ainsi en spectacle devant une domestique !

La petite princesse fit secrètement vœu de ne plus jamais danser sur l'air de « Un jour mon prince viendra » devant quiconque à l'exception de Timothy. En effet, Timothy n'était pas comme tout le monde. Depuis qu'elle l'avait trouvé errant et affamé dans le parc du château, elle lui avait confié bien des secrets car Timothy l'aimait vraiment et quoi qu'elle fasse, à l'inverse d'autres personnes.

La reine se calma et resta pour assister au bain de la petite princesse. Puis elle l'aida à enfiler sa chemise de nuit rose à manches bouffantes et s'assit à côté d'elle sur le lit surmonté d'un baldaquin de dentelle blanche. Elle prit le livre de contes de fées qui était posé sur la table de chevet et commença la lecture d'une histoire.

La petite princesse ne tarda pas à s'évader une fois de plus dans le monde magique des contes, cet univers merveilleux où tout se termine toujours bien. Elle s'apaisa rapidement et oublia peu à peu l'incident qui l'avait troublée.

Chapitre Deux
La petite princesse
et le protocole royal

Portant avec grande difficulté une caisse contenant trois petits rosiers rouges en pot, un plantoir, du terreau, des gants de jardinage, un arrosoir et un drap de bain provenant de la lingerie royale, la petite princesse avait pris le chemin de la roseraie du palais. Tout autour d'elle, des boutons de roses de toutes les nuances de rouge, de rose, de blanc, de crème, de jaune s'épanouissaient au soleil et laissaient s'échapper un doux parfum qui s'élevait jusqu'à la cime des arbres. Le cœur léger, elle installa la serviette devant un carré de terre fraîchement bêché, s'y agenouilla et se mit à chanter. Le chef jardinier du palais était bon instructeur et lui avait appris comment jardiner sans qu'une miette de terre ne vienne salir son beau tablier en dentelle blanche.

Elle avait à peine fini de planter le premier rosier que la douceur de son chant avait attiré autour d'elle une nuée d'oiseaux qui l'accompagnaient de leurs gazouillis.

Cela dura tout le temps de la plantation. Puis, son travail fini, la petite princesse rentra au palais, toujours accompagnée de ses amis ailés dont les pépiements remplirent la grande salle royale au point qu'elle n'entendit pas le roi arriver.

— Victoria ! lança-t-il avec colère en se dirigeant vers elle. Arrête tout de suite ce tintamarre. Combien de fois te l'ai-je répété ? Mais tu n'écoutes jamais !

La petite princesse fut effrayée de découvrir si brusquement la présence du roi.

— Pardon, père, dit-elle mal à l'aise, sa voix couvrant à peine le bruit des oiseaux. Je m'excuse si ma chanson...

— Ta chanson ! l'interrompit son père. Tes piaillements, veux-tu dire ! Preuve en est ces oiseaux que tu attires à chaque fois et qui vont et viennent par les fenêtres du palais.

Le roi fit un grand geste du bras pour chasser les oiseaux.

— Fais les sortir tout de suite ! Je reçois des dignitaires étrangers dans la salle du conseil et c'est à peine si nous pouvons nous entendre avec ce vacarme que tu appelles chanson.

— Oui, père, répondit la petite princesse qui essayait désespérément de ne pas montrer qu'elle avait été mortellement blessée car elle ne connaissait que trop les conséquences de pleurer devant quelqu'un et plus particulièrement son père.

Satisfait, le roi tourna les talons et se dirigea vers la porte par où il était entré. A ce moment-là, Timothy Vandenberg III arriva à grands bonds en aboyant et faillit renverser le roi.

— Gardes ! hurla-t-il. Chassez ce chien et faites en sorte qu'il ne revienne pas ! Je ne veux plus le voir ici.

— Non, père ! Pas Timothy ! Ne le chassez pas ! Je vous en supplie !

— Ce chien n'est bon à rien, c'est une véritable calamité, Victoria !

Le roi se tourna vers le garde et montra la porte.

— Chassez ce chien ! ordonna-t-il.

Le garde courut donc après Timothy Vandenberg III qui lui échappa une première puis une seconde fois. A la troisième tentative, le chien bouscula une colonne d'albâtre sur laquelle était posée un vase de grandes roses rouges qui se brisa sur le sol en marbre.

la petite princesse s'accrocha à la jambe du garde au moment où il réussissait enfin à attraper le chien.

— S'il vous plaît ! Ne le prenez pas ! implora-t-elle. S'il vous plaît !

La reine, qui avait entendu tout ce remue-ménage, arriva précipitamment dans la grande salle, saisit la petite princesse par le bras et l'éloigna du garde.

— Victoria, dit-elle. Il faut que tu cesses immédiatement cette conduite indigne ! Ton père a raison. Un chien errant ne convient pas à une princesse.

La reine se retourna et regarda autour d'elle, excédée.

— Regarde un peu ce que tu as fait !

La petite princesse contint sa colère et ne dit pas un mot mais l'expression de son visage la trahit.

— Victoria ! Ce n'est pas ce que tu as appris ! lui dit la reine en fixant son visage renfrogné. File dans ta chambre et révise le protocole royal, particulièrement les articles qui concernent les bonnes manières et l'attitude réservée qui siéent à une princesse. Et je ne veux pas te revoir tant que tu n'auras pas le sourire.

La petite princesse résista à l'envie qu'elle avait de se sauver en courant. Elle avait les larmes aux yeux mais elle parvint à les retenir, enfin presque, car quelques-unes coulèrent malgré tout sur ses joues tandis qu'elle montait les marches de l'escalier monumental qui menait à sa chambre.

Lorsqu'elle eut refermé la porte de sa chambre, Victoria se laissa pleurer abondamment. Elle leva cependant les yeux vers le protocole royal concernant les bonnes manières des princesses. Le protocole avait été calligraphié sur parchemin blanc par le scribe du palais puis encadré et accroché au dessus de la coiffeuse de la petite princesse par le décorateur royal. Le texte édictait non seulement la manière dont la petite princesse était sensée se comporter, agir et parler mais de surcroît les sentiments et les pensées qu'elle devait avoir. Les choses qu'il était inacceptable de penser et de ressentir étaient clairement stipulées et c'était justement ce qu'elle pensait et ressentait. En revanche, il n'était expliqué nulle part comment s'en empêcher. De toute façon, pourquoi fallait-il qu'elle soit une princesse ? se demanda-t-elle.

— Tu penses comme toujours que c'est de ma faute, hein, Victoria ? lança Vicky, la petite voix qui s'élevait du fond du cœur de la petite princesse.

— Oui ! Je t'ai répété des milliers de fois que nous finirions par avoir des ennuis si on continuait à chanter et à danser ou à faire la tête quand on n'était pas contentes. Mais tu n'écoutes jamais ce que je te dis.

— J'ai horreur de ça quand tu parles comme le roi ! répliqua Vicky.

— Excuse-moi mais je ne sais plus quoi faire.

— Je peux suivre le protocole royal. Promis. Je vais le prouver.

Vicky leva la main droite, s'éclaircit la gorge et déclara sur un ton solennel :

— Je promets de suivre à la lettre le protocole royal à tout moment de la journée et tous les jours, d'être sage, non, mieux que sage, même parfaite. Croix de bois, croix de fer, si je mens je vais en enfer.

— Ça ne va pas marcher, dit Victoria.

— Et pourquoi ça ? J'ai fait la promesse, non ?

— Mais tu en as déjà fait des promesses !

— Oui mais je n'avais jamais dit « croix de bois, croix de fer ».

— Si seulement le roi et la reine pouvaient comprendre que c'est toi et pas moi qui es la cause de tous nos ennuis, dit Victoria en soupirant.

— Ce n'est pas de ma faute s'ils pensent que je n'existe pas en vrai, fit Vicky avec douceur. De toute façon, ça ne se produira plus, tu vas voir.

La petite princesse se serait bien passée de dîner ce soir-là. Elle aurait de loin préféré ne pas descendre mais elle savait pertinemment que ç'aurait été une très mauvaise idée. Elle savait aussi qu'il ne fallait surtout pas qu'elle se présente en faisant la moue. Sourire même

23

quand on était triste était peut-être la leçon la plus difficile mais Victoria était bien décidée à l'apprendre.

Elle s'obligea donc à s'entraîner à sourire devant son miroir avant de descendre dîner. Le roi lui avait souvent dit que son sourire était un don qu'elle devait conserver et entretenir précieusement mais ce qu'elle voyait dans le miroir n'avait rien d'engageant. Finalement, elle opta pour un sourire mi-figue, mi-raisin et quitta sa chambre pour se rendre à la salle à manger royale.

A table, la petite princesse mangea du bout des lèvres et, contrairement à son habitude, ne dit presque rien.

— Les plats te déplaisent-ils ? lui demanda le roi.

La petite princesse, mal à l'aise, se dandina d'une fesse sur l'autre sur son siège.

— Princesse, m'as-tu entendu ?

— Oui, répondit-elle à voix basse.

— Oui qui ?

— Oui, père.

— Bon, alors ?

— Non, les plats ne me déplaisent pas, père, dit-elle en piquant dans son assiette sans conviction.

— Apparemment, il y a un problème, dit la reine. Exprime-toi, je t'en prie.

La petite princesse leva les yeux de son assiette.

— Non, il n'y a rien, répondit-elle en reposant sa fourchette.

De plus en plus mal à l'aise, Victoria, les mains sur les genoux comme il seyait aux princesse de son pays, s'était mise à entortiller la nappe autour de ses doigts.

— Victoria, dit le roi, j'exige que tu me donnes tout de suite des explications et j'espère que ça n'a rien à voir avec ce chien galeux.

La petite Victoria, toujours très agitée sur sa chaise, s'éclaircit plusieurs fois la gorge.

— J'ai peur que vous disiez non, finit-elle par marmonner.

Comme le roi et la reine continuaient à la harceler de questions et qu'elle ne supportait plus leurs regards furieux, elle finit par dire ce qui lui déchirait le cœur.

— Je veux qu'on me rende Timothy.

— Ton père a été très clair là-dessus…

— Je vous en prie ! lança le roi en coupant la parole à sa femme. C'est moi qui vais gérer cette situation.

Très agité, le roi se leva et, les mains derrière le dos, se mit à arpenter la pièce.

— S'il vous plaît, père ! s'écria Victoria. Ce n'est pas de la faute de Timothy s'il a failli vous renverser. Il est toujours comme ça à chaque fois que Vicky est triste. Et quand vous lui avez crié dessus parce qu'elle chantait…

— Encore cette Vicky ! Ta mère et moi t'avons déjà expliqué que tu ne pouvais pas rendre responsable de ton comportement une camarade de jeux imaginaire.

— Ce n'est pas ce que je fais, répondit timidement Victoria. Je n'ai pas inventé Vicky, elle existe en vrai !

— Tu as passé l'âge de tout cela maintenant, Victoria. Il est temps que tu apprennes la différence entre ce qui est vrai et ce qui ne l'est pas. Sinon, les gens vont se mettre à jaser.

— Je me moque de ce que disent les gens, fit Victoria les sourcils froncés. Vicky existe en vrai. Elle parle et elle rit et elle pleure et elle a des sentiments. Elle adore chanter et danser et rêver et...

Le roi était furieux.

— Si je comprends bien, c'est elle qui attire ces flopées d'oiseaux à l'intérieur du palais avec ses chansons et c'est elle qui se donne en spectacle devant les serviteurs. Et c'est de sa faute si le chien s'est jeté dans mes jambes. Et c'est elle qui crie et qui pleure quand elle n'a pas ce qu'elle veut. Ai-je bien compris ce que tu voulais me dire, Victoria ?

— Mais vous ne comprenez pas, répondit Victoria d'une toute petite voix. Vous vous mettez toujours en colère contre elle mais en fait c'est quelqu'un de merveilleux. Elle est gentille et on s'amuse bien ensemble et c'est la meilleure amie que j'aie jamais eue. Est-ce que...

Le roi eut la même réaction qu'à l'accoutumée. Il la réprimanda sévèrement et pointa méchamment son index sous son petit nez. Comme toujours dans ces cas-là, il devint tout rouge tandis que sa voix tonitruante résonnait dans les oreilles de Victoria.

— Tu es bien trop délicate, Victoria ! Trop sensible. Tu as peur de ton ombre et tu ne penses qu'à rêver. Qu'est-ce qu'il y a qui ne va pas ? Pourquoi n'es-tu pas comme les autres enfants de la famille royale ?

Le roi s'interrompit puis leva les bras au ciel en reprenant :

— Mais qu'ai-je bien pu faire pour mériter un tel malheur ?

La reine essaya de le calmer ce qui, comme d'habitude, empira les choses. Elle et son mari parlaient de la petite princesse comme si elle n'était pas là. La petite princesse aurait bien voulu pouvoir disparaître dans un trou de souris. Elle baissa les yeux et fixa la nappe pour éviter leur regard. En effet, elle ne supportait pas l'image d'elle-même que lui renvoyait le regard de ses parents. Une image qui lui montrait une fois de plus ce qui n'allait pas en elle.

— Regarde-nous quand nous te parlons, Victoria ! lui ordonna le roi.

Elle leva ses grands yeux effrayés et se sentit de nouveau agressée par leur regard glacial et leur voix en colère. Mais Vicky s'efforçait tellement de couvrir leurs voix qu'elle entendait à peine ce qu'on lui disait.

Après un moment qui parut interminable à Victoria, la reine lui dit :

— Regarde ce que tu as fait, Victoria ! Ton père est encore dans tous ses états. Une princesse doit se montrer forte et être un modèle de perfection aristocratique. Tu devrais le savoir maintenant ! Il y a une bonne et une mauvaise manière d'être, une bonne et une mauvaise manière d'agir, une bonne et une mauvaise manière de penser. Et il faut que tu apprennes la différence, Princesse, une bonne fois pour toutes ! Maintenant, monte dans ta chambre et reste-y. Et pour l'amour du ciel, ne fais pas cette tête-là.

Victoria était très éprouvée par cette brimade et les hurlements de Vicky lui donnaient mal à la tête. En fait, la présence de Vicky lui était devenue insupportable.

Tandis que la petite princesse montait le grand escalier, Vicky continua son bavardage incessant.

— Si les princesses sont comme ils le disent, on n'est peut-être pas des vraies princesses du tout. Je suis sûre que la cigogne s'est trompée de bébé. Voilà, c'est ça, j'en suis sûre. Victoria ? Victoria ? Pourquoi tu ne dis rien ? Tu ne veux plus me parler ? demanda Vicky d'une voix de plus en plus forte.

Dès qu'elle eut refermé la porte de sa chambre, Victoria se tourna vers Vicky et laissa exploser sa colère.

— C'est toi qui es trop sensible et qui as peur de tout. C'est toi qui as des sentiments que tu ne devrais pas avoir. C'est toi qui rêves de choses qui ne se produiront probablement jamais. Tu me fais même dire des choses que je ne devrais pas dire. C'est toi qui ne respectes pas le protocole royal et c'est moi qui me fais punir !

— Je suis comme je suis, marmonna Vicky d'une voix si faible que Victoria dut tendre l'oreille pour comprendre ce qu'elle disait. Et je ne suis pas assez bien. Tant que je serai là, tu ne pourras jamais t'entendre avec eux. Je ferais mieux de partir et de ne jamais revenir.

— Qu'est-ce que je vais faire ? dit Victoria d'une voix plaintive. Il ne faut pas que le roi et la reine te voient. Peut-être que si tu te cachais sous le lit…

— Comme Timothy ? l'interrompit Vicky. Je ne suis pas un chien. Je ne veux pas habiter sous le lit. De toute façon, c'est sa cachette à lui et je veux qu'il revienne là, comme avant.

— Je ne peux pas le faire revenir, lui répondit Victoria. Mais je peux faire quelque chose pour toi. Il faut que je te cache quelque part et je ne vois pas où sinon sous le lit.

Vicky finit par accepter, mais à contrecœur. Et une fois qu'elle fut en sécurité sous le lit, elle reprit son bavardage, répétant sans arrêt que le protocole royal était injuste, que le roi et la reine étaient méchants et qu'ils la détestaient, qu'elle allait s'ennuyer toute seule sous le lit, qu'elle n'était bonne à rien, qu'elle ne pouvait être la meilleure amie de personne et qu'elle avait encore envie de partir pour de bon.

Plus tard dans la soirée, la reine, accompagnée d'une servante, arriva pour faire prendre son bain à Victoria. Mais la petite princesse était trop triste et trop fatiguée pour prendre un bain ou écouter sa mère lui lire un conte de fées. Elle se coucha donc, les yeux pleins de sommeil.

Mais comme Vicky continuait à parler sans arrêt, Victoria n'arrivait pas à s'endormir et lui ordonna de se taire. Au lieu de lui obéir, la petite fille, qui avait un gros chagrin, sortit de sa cachette et vint se glisser dans le lit à côté de Victoria. La tête enfouie dans les oreillers moelleux, elle pleura à chaudes larmes. Elle pleura tant et tant que le lit fut bientôt trempé et que l'eau de ses larmes forma une mare sur le plancher.

— Arrête ! lui ordonna Victoria à voix basse. Je n'en peux plus, arrête ! Le lit est tout mouillé maintenant et puis on va finir par t'entendre. Mais qu'est-ce que tu as ? Tu sais bien qu'il y a une bonne et une mauvaise manière d'être, une bonne et une mauvaise manière d'agir, une bonne et une mauvaise manière de penser. Et il faut que tu apprennes la différence une bonne fois pour toutes !

— Qu'est-ce que tu vas faire ? lui demanda Vicky en reniflant.

— Ce que j'aurais dû faire il y a longtemps. Je vais te mettre dans un endroit d'où tu ne pourras plus sortir comme un diable de sa boîte pour me créer des ennuis.

— Je croyais que tu étais mon amie mais en fait ce n'est pas vrai ! rétorqua Vicky en hurlant. Tu es comme le roi et la reine, tu es méchante !

— Ce n'est pas la peine de me faire des reproches ! Tout est de ta faute ! Je t'avais dit de ne pas te pas te montrer ! s'exclama Victoria qui sauta d'un bond hors du lit et faillit glisser sur une flaque de larmes. Elle alluma sa lampe de chevet.

— Rentre là-dedans tout de suite ! ordonna-t-elle à Vicky, le doigt pointé vers un placard à l'autre bout de la pièce. Et je ne veux pas t'entendre pleurer ni te plaindre !

Elle attrapa Vicky qui poussait des hurlements, la fit sortir du lit, la poussa jusqu'à la penderie dont elle claqua la porte. Puis elle prit le même ton que la reine, un ton qu'elle connaissait bien pour l'avoir si souvent entendu, et dit à Vicky :

— Je fais cela pour ton bien, Vicky.

Puis elle ferma la porte à clef avec beaucoup de détermination.

— Ne ferme pas à clef, Victoria ! Je ne vais pas sortir, c'est promis ! Croix de b…

— Tes promesses ne veulent rien dire, l'interrompit Victoria.

La petite princesse rangea la clef du placard dans son superbe coffre à linge orné de bouquets de roses sculptés à chaque angle.

— Je te connais, reprit-elle. Tu vas recommencer tes bavardages et tes jérémiades et, dès que l'envie t'en prendra, tu vas ouvrir la porte du placard pour encore parler de ceci ou de cela et…

Vicky hurla à travers la porte, lui coupant la parole.

— Tu ne peux pas me cacher comme ça. On ne peut pas être séparées. On s'était promis de rester les meilleurs amies du monde quoi qu'il arrive, tu te souviens ?

— Ça, c'était avant que tu deviennes ma pire ennemie, dit Victoria.

— Victoria, s'il te plaît, laisse-moi sortir. S'il te plaît ! implora Vicky qui donnait des coups désespérés dans la porte. J'ai besoin de toi. On avait dit qu'on ne se séparerait jamais. Ne m'abandonne pas. J'ai peur, Victoria. Je serai sage. Je ferai tout ce que tu me demanderas. S'il te plaît ! Laisse-moi sortir.

Victoria se recoucha dans son grand lit à baldaquin. Seule, épuisée, n'en pouvant plus, elle pressa ses oreillers contre ses oreilles pour ne plus entendre les sanglots de Vicky qui s'échappaient de la porte du placard. Après un moment, les gros sanglots s'atténuèrent en faibles gémissements puis ce fut le silence. La petite princesse prit un coin de sa couette, se frotta doucement la joue et s'endormit pour retrouver son univers à elle où les mauvaises choses s'évanouissaient tout bonnement et simplement.

***

Le lendemain matin, alors que la petite princesse ne s'était pas encore levée, le roi arriva dans sa chambre avec un sourire penaud. Il apportait à sa fille une rose rouge et un gros sac de jouets en bois de couleur, les morceaux d'une maison à assembler qui avait été soigneusement fabriqués par les artisans du palais.

— Bonjour Princesse, dit le roi en venant s'asseoir au bord du lit. Je vois que nous allons être en retard aujourd'hui pour construire notre petite maison.

— La maison ? Ah oui, c'est dimanche, dit-elle, tellement épuisée qu'elle eut du mal à s'asseoir dans le lit. Je n'ai pas envie de jouer ce matin, père.

— Allez, Princesse. Nous n'avons jamais manqué un dimanche. Tiens, ajouta-t-il en lui tendant la rose, j'ai pensé que cette fleur redonnerait peut-être le sourire à tes lèvres qui sont fraîches comme un bouton de rose.

Elle regarda la rose puis le roi qui avait un sourire implorant. Cette scène s'était déjà produite de nombreuses fois et c'était à chaque fois la même chose : elle n'était pas sûre de ce qu'elle devait dire, faire ou penser.

Le roi se pencha et la souleva pour l'asseoir sur ses genoux. Puis il la serra dans ses bras et Victoria se trouva enveloppée dans les épais pans de velours de l'habit de son père.

— Oh ma petite fille chérie ! Tu es si belle ! s'exclama-t-il admiratif.

Victoria sentit la poitrine de son père qui se gonflait de fierté.

— Je vous aime, père, dit la petite princesse.

Le roi baissa les yeux vers le trésor aux cheveux d'or qu'il tenait dans ses bras.

— Je t'aime aussi, Princesse, lui répondit-il.

Et elle sentit qu'il était sincère.

Selon leur rituel hebdomadaire, le roi et la petite princesse assemblèrent les morceaux de bois pour construire la petite maison. Lorsqu'ils eurent fini, la princesse rentra à quatre pattes dans la maison et s'y installa les jambes en tailleur tandis que le roi, à plat ventre par terre, faisait des contorsions pour passer la tête et épaules à travers l'étroite ouverture. Une fois que le roi eut le haut du corps dans la petite maison, lui et sa fille burent un chocolat chaud qu'un serviteur leur apporta dans de grandes tasses.

Le roi avait toujours quelque difficulté à boire puisqu'il était appuyé sur les coudes. De temps en temps, des gouttes de chocolat chaud glissaient le long de ses amples manches, mais il faisait toujours comme si de rien n'était.

Tout se passait si bien que Victoria décida d'essayer de faire la paix une bonne fois pour toutes à propos de

Vicky. Mais ce fut une catastrophe. Dès qu'elle mentionna le nom de Vicky, le roi se mit en colère et se releva d'un bond, se cogna la tête et fit tomber la petite maison.

— Vicky n'existe pas ! Tu m'entends ! hurla-t-il. Trop c'est trop ! Tu es impossible, Victoria !

La petite princesse se protégea la tête avec les bras tandis que les pièces de bois de couleur s'effondraient tout autour d'elle.

— Je m'excuse, père, parvint-elle à dire avec des tremblements dans la voix.

Le roi quitta la chambre comme une furie, laissant la petite princesse assise au milieu des décombres, abasourdie.

Chapitre Trois
Par delà les jardins du palais

Un jour en fin d'après-midi, tandis qu'elle regardait par la fenêtre de sa chambre en se disant que rien n'était plus comme avant maintenant que Vicky n'était plus là, Victoria remarqua un arbre isolé, au sommet d'une petite colline, au-delà des jardins du palais. Elle n'y avait jamais vraiment prêté attention auparavant mais, ce jour-là, l'arbre lui parut bien triste et solitaire, là-haut, tout seul sur sa colline. Une larme coula sur la joue de la petite princesse. C'est bien triste d'être toute seule, pensa-t-elle. Et on se sent encore plus seul de ne pouvoir en parler à personne. Quand elle prit conscience qu'elle ne devrait, à titre de princesse, ne ressentir ni tristesse ni sentiment de solitude, elle commença à avoir mal à la tête.

Le fait d'avoir enfermé Vicky dans le placard n'avait pas rendu les choses aussi faciles qu'elle l'avait cru au départ. Sans Vicky, il était certes beaucoup plus aisé d'observer les règles du protocole mais la perfection lui semblait toujours une entreprise monumentale.

Sans pouvoir s'expliquer pourquoi, elle n'arrivait pas à détacher ses yeux de l'arbre qui l'attirait irrésistiblement. Alors elle sortit de sa chambre, descendit l'escalier, sortit du palais et traversa les jardins dont la beauté ne la remplissait plus de joie comme avant. Lorsqu'elle arriva au sommet de la petite colline, elle s'assit au pied de l'arbre solitaire, s'adossa à son tronc et se prit la tête entre les mains car elle avait toujours mal.

— Je n'y arriverai jamais ! Je peux faire tous les efforts du monde, je ne serai jamais à la hauteur ! s'exclama Victoria dans un soupir.

— A la hauteur de quoi ? lui demanda une voix.

Victoria se redressa brusquement.

— Qui est là ? Qui a parlé ? interrogea-t-elle en regardant partout autour d'elle.

— Qui ça ! Qui ça ! Mais c'est moi ! répondit la voix.

Victoria eut l'impression qu'elle venait de l'arbre.

— Qui êtes-vous ? demanda-t-elle à nouveau.

— Et toi, qui es-tu ? Qui es-tu ? répéta la voix.

— D'accord, je vais me présenter en premier, dit Victoria en se levant lentement à cause de son mal de crâne.

Elle commença par faire sa plus belle révérence.

— Je suis la princesse Victoria, reprit-elle, la fille du roi et de la reine de notre royaume. J'habite le palais qui se trouve là-bas, derrière les jardins. Je suis première de ma classe à l'Académie royale d'Excellence. Je fais toujours de mon mieux pour observer les règles du protocole royal concernant les sentiments et le comportement que doit avoir une princesse. Je sais mieux planter les roses que jouer à la balle royale. Avant, j'avais un chien qui s'appelait Timothy Vandenberg III. Et parfois, j'ai très mal à la tête comme maintenant.

— C'est très intéressant, Princesse, mais tout cela ne me dit pas qui tu es.

— Mais je sais tout de même qui je suis et je viens de vous le dire ! répliqua Victoria avec indignation.

— Tout le monde devrait savoir qui il est mais en fait peu de gens le savent.

— Je ne comprends plus rien.

— Savoir qu'on ne comprend plus rien est la première étape pour comprendre quelque chose.

— Suis-je en train de parler à un arbre ? marmonna Victoria. Peut-être que mes parents ont raison et que je ne sais pas faire la différence entre ce qui est vrai et ce qui ne l'est pas.

Victoria leva les yeux vers la masse de branches au-dessus de sa tête.

— S'il vous plaît, Monsieur l'Arbre. Dites-moi que vous m'avez bien parlé. Vous m'avez parlé, hein ? demanda-t-elle sur un ton implorant.

— La réponse est oui et non, répondit la voix.

— Mais vous parlez, Monsieur l'Arbre, vous parlez en vrai !

— La réalité ne correspond pas toujours aux apparences, Princesse.

A ce moment-là, un hibou descendit de l'arbre et vint se poser par terre avec la légèreté d'une plume qui vole au vent. Il battit un instant des ailes, remit en place le stéthoscope qui se balançait sur sa poitrine et posa avec précaution une sacoche noire à ses pieds.

— Permets-moi de me présenter, dit-il d'un ton très cérémonieux. Henry Herbert Hoot Le Hibou. Mais mes amis m'appellent plus simplement Doc.

— Oh non ! fit Victoria. Après l'arbre qui parle, voilà maintenant un hibou qui parle et qui s'appelle Henry Herbert Hoot ! Je ne peux sûrement pas faire la différence entre le rêve et la réalité. Ça doit être cela.

— Bien au contraire ! commenta le hibou. Je suis aussi réel qu'un conte de fées peut l'être pour une princesse… ce qui me rappelle une chanson, dit-il, visiblement très content de lui. D'ailleurs, il y a toujours beaucoup de choses qui me font penser à une chanson.

Le hibou fouilla alors dans sa sacoche et en sortit d'abord un canotier qu'il plaça sur sa tête puis un minuscule banjo dont il se mit à jouer pour accompagner sa chanson :

Les contes de fées sont tellement vrais pour les princesses
Aussi vrais que la puissance du roi son altesse

— Arrêtez, je vous en prie ! implora Victoria en se tenant la tête à deux mains. Excusez-moi mais j'ai trop mal à la tête pour écouter de la musique en ce moment.

— Peut-être aurais-tu moins mal si tu écoutais plus souvent ta musique à toi, suggéra le hibou.

— Je n'ai plus beaucoup envie de chanter en ce moment.

— Mais je parlais de la musique de ton cœur !

— Je ne comprends pas ce que vous voulez dire. De toute façon, qu'est-ce qu'un hibou peut savoir sur les cœurs ?

— Beaucoup de choses en fait, répondit-il. Je ne t'ai pas dit que je portais un titre : je suis Docteur ès Cœurs et c'est pour cette raison que mes amis m'appellent Doc. Je suis spécialisé dans les cœurs brisés.

Victoria se pencha en avant, la tête basse. Puis, d'une petite voix, elle demanda au hibou :

— Que ressent-on quand on a le cœur brisé ?

— A la tristesse que je lis dans tes yeux, je suis sûr que tu connais la réponse, fit Doc tandis qu'il enlevait son canotier et le rangeait, ainsi que son banjo, dans sa sacoche noire.

— Je crois bien que j'ai le cœur brisé, murmura la petite princesse dans un sanglot, les yeux toujours baissés.

— Ton diagnostic est juste.

— Est-ce que vous pouvez réparer mon cœur ?

— Pas tout à fait, ce n'est pas ainsi que ça se passe mais je peux t'aider à le faire toi-même. Mais tu sais, ce n'est pas une simple petite réparation qui pourra chasser la tristesse de ton regard, Princesse.

— Mais qu'est-ce qu'on peut faire alors ?

— Chercher la guérison.

— Est-ce que vous pouvez guérir mon cœur alors ?

— J'ai bien peur que non, Princesse. Toi seule peux le faire.

— Quel drôle de médecin vous faites si vous me dites qu'il faut que je guérisse mon cœur toute seule, fit Victoria en fronçant les sourcils.

— Je suis comme tous les médecins. Nous pouvons soigner beaucoup de choses mais ce n'est pas nous qui guérissons.

— Je ne comprends pas.

— Il y a encore beaucoup de choses que tu ne comprends pas mais ça viendra un jour, lui répondit Doc.

Puis, pour changer de sujet, il ajouta :

— Bon, est-ce que tu te sens mieux maintenant que tu sais que ce n'est pas l'arbre qui t'a parlé mais moi ?

— Bien sûr que non, rétorqua Victoria, les poings sur les hanches. Pour moi, un hibou qui parle, qui chante et qui en plus est médecin n'a pas plus de sens qu'un arbre qui parle.

— En effet. Il y a des choses qui ne s'expliquent pas mais qu'il faut simplement ressentir.

— Essayez d'expliquer cela à ma mère si l'un des gardes du palais me voit ici en train de parler toute seule. Excusez-moi, ce n'est pas ce que je veux dire, se reprit-elle gênée. Ce n'est pas que je ne parle à personne mais vous comprenez ce que je veux dire.

La petite princesse s'aperçut soudain que le soleil était bas à l'horizon.

— Il faut que j'y aille, reprit-elle. Quand pourrai-je revenir ?

— Chaque fois que le cœur t'en dit, lui répondit le hibou.

— Que le cœur m'en dit ? Qu'est-ce que ça veut dire ?

— Sache simplement que tu peux revenir quand tu veux.

— C'est vrai que vous parlez bizarrement, dit la petite princesse en secouant la tête.

C'est ainsi qu'elle s'aperçut qu'elle n'avait plus mal à la tête. Elle redescendit la colline en direction du palais en faisant des grands gestes de la main pour dire au revoir au hibou.

La petite princesse aperçut de loin la reine qui la regardait par l'une des fenêtres du palais et, lorsqu'elle arriva à la porte, sa mère l'y attendait.

— Victoria ! Il fait presque nuit, où étais-tu ?

— J'étais partie voir l'arbre, bredouilla-t-elle.

— Et que faisais-tu là-bas ?

Malheureusement pour la petite princesse, le protocole royal interdisait les mensonges, quels qu'ils soient, même les pieux mensonges, même face à un danger comme c'était le cas présentement pour Victoria qui n'avait donc d'autre choix que de dire la vérité.

— Je parlais, répondit-elle avec beaucoup d'hésitation dans la voix.

— A qui ?

— A l'arbre, dit Victoria en tendant le dos.

— Je suppose que tu vas me dire aussi que l'arbre t'a répondu.

La reine parlait sur un ton qui glaçait le sang de la petite princesse.

— Oui. Enfin… je croyais que c'était l'arbre qui me parlait mais en fait c'était un hibou.

— Vraiment, Victoria ! Il faut que cela cesse ! Tu ne peux pas continuer ainsi à raconter des histoires à dormir debout. Il est temps que tu arrêtes d'avoir la tête dans les nuages !

Victoria ne savait pas exactement ce que signifiait avoir la tête dans les nuages mais elle trouva l'idée merveilleuse.

— Je peux prouver que le hibou parle, dit Victoria humblement.

— Je ne veux plus entendre parler de cette histoire !
Et quant à cet arbre ou ce hibou ou je ne sais quoi, je
t'interdis d'y retourner.

Ayant parlé ainsi, la reine s'éloigna d'un pas nerveux.

— Pourquoi ne me croit-elle jamais ? se demanda
Victoria à voix basse. Moi je sais bien que le hibou parle.
Je l'ai entendu.

Mais, ce soir-là, Victoria se mit à avoir des doutes et
se dit que la reine avait peut-être raison. Car après tout
comment un hibou qui parle pouvait-il exister ? Et un
médecin chantant qui jouait du banjo et portait un
canotier ? Et, de toute façon, la reine semblait toujours
avoir raison sur tout.

**

Les années passaient et chaque année, alors qu'elle
grandissait, la princesse espérait qu'elle serait plus
heureuse l'année suivante. Il y avait bien sûr les grands
bals et les pique-niques somptueux et toutes sortes de
divertissements organisés dans le royaume mais la
princesse ressentait un vide, comme s'il lui manquait
toujours quelque chose. Souvent, elle regardait
mélancoliquement les oiseaux depuis la fenêtre de sa
chambre. Ils volaient d'arbre en arbre en toute liberté et
semblaient chanter le bonheur d'exister. Elle se
demandait alors ce qu'elle ressentirait si elle était l'un
d'eux, si elle cessait de se sentir seule et différente même
lorsqu'elle s'amusait avec ses amies. Au fil des saisons,
Victoria s'épanouissait en une jolie jeune fille, pleine de

charme et de grâce et dotée de toutes les qualités qui siéent à une princesse.

Elle obtint son diplôme de l'Académie royale d'Excellence avec la meilleure note mais son plus grand accomplissement fut sans doute d'avoir réussi à parler, agir, penser et ressentir exactement ce que stipulait le protocole royal.

Pour la remise de son diplôme, le roi et la reine avaient organisé une grande réception dans la salle de bal du palais. Bouffons, jongleurs et joueurs de luth déployaient tout leur art pour distraire la foule des invités de marque devant lesquels le roi offrit fièrement à sa fille un cadeau vraiment extraordinaire.

— C'est avec bonheur et fierté, commença-t-il, qu'en cet instant mémorable je t'offre la carte de la famille royale. C'est un document d'une valeur inestimable qui, depuis les origines de notre lignée, a guidé la vie de nos ancêtres. Selon la tradition de la famille royale, tu suivras le chemin qui est tracé sur cette carte.

Le roi tendit à Victoria un rouleau de parchemin très ancien. Il était fermé par un ruban de fils d'argent sur lequel était apposé le sceau royal et ses bords abîmés dénotaient une longue utilisation de génération en génération.

Le roi leva son verre et porta un toast :

— Longue vie à la famille royale !

— Hourra ! Hourra ! Longue vie à la famille royale ! Longue vie à la princesse ! Longue vie au roi et à la reine ! reprirent en chœur les invités qui, à leur tour, avaient levé leur verre.

Lorsque tout le monde fut parti, Victoria monta dans sa chambre, enleva ses escarpins et se laissa tomber sur son lit en se demandant où elle pourrait bien ranger la carte que son père lui avait remise. Même si elle était convaincue de son authenticité et de son utilité, elle pensait qu'elle n'aurait jamais besoin de s'y référer puisque son chemin était déjà tracé. Elle irait d'abord à l'Université impériale pour recevoir l'éducation qui seyait à une princesse puis dans le palais de son prince charmant avec qui elle vivrait heureuse et aurait beaucoup d'enfants.

Victoria décida de ranger la carte dans son coffre à linge puis elle alla vers sa coiffeuse, attirée par l'agréable odeur des roses que le jardiner en chef lui avait cueillies ce matin comme chaque matin. Son regard s'attarda sur ces fleurs joliment disposées dans un vase en cristal qu'elle avait choisi parmi la collection du palais et, à la vue des pétales rouges et veloutés, elle soupira comme le font toujours les jeunes filles ; c'est qu'elle pensait au prince charmant qui viendrait un jour la délivrer des obligations du protocole, du doigt menaçant du roi et du regard inquisiteur de la reine. Un jour, elle connaîtrait le grand amour, l'amour vrai et elle serait heureuse.

Elle tourna la clef de sa boîte à musique et les premières notes de « Un jour mon prince viendra » se firent entendre. Elle prit une rose qu'elle posa délicatement contre sa joue. Si seulement il voulait bien se dépêcher, pensa-t-elle.

Deuxième partie

Chapitre Quatre
Le prince charmant à la rescousse

Par une belle après-midi ensoleillée de printemps, tandis qu'elle était penchée sur un livre à la bibliothèque de l'Université impériale et qu'elle essayait d'apprendre les étoiles de la Petite Ourse, la princesse tressaillit en entendant une voix grave, chaude et mélodieuse.

— Je suis venu vous délivrer des griffes du Professeur Barbant et de son *Atlas général du ciel et des étoiles*.

Délivrer ? Quelqu'un avait dit délivrer ? Victoria leva la tête et son regard rencontra les yeux les plus bleus et les plus beaux qu'elle ait jamais vus, soulignés de long cils noirs à rendre jalouses toutes les jeunes filles.

— Pardon ? C'est à moi que vous parliez ?

— Assurément, Princesse, dit le jeune homme qui se pencha galamment en signe de déférence.

— Comment savez-vous que je suis une princesse ?

— Parce qu'un prince sait toujours reconnaître une princesse. Et comme je me souviens de l'ennui que me procuraient les explications du Professeur Barbant sur ce qui fait tourner le monde, j'ai pensé que vous aimeriez peut-être entendre ma version des choses, dit-il avec un pétillement dans les yeux qui fit battre le cœur de Victoria et lui coupa les jambes.

— Et quelle est votre explication ? demanda-t-elle sur un ton de petite fille sage.

— L'amour. C'est l'amour qui fait tourner le monde, répondit-il avec un sourire à faire fondre la banquise.

Cet homme à la poitrine musclée, aux épaules carrées et aux cheveux noirs de jais pouvait-il être celui qu'elle avait attendu toute sa vie ? Il semblait correspondre à tous ses critères. C'était un prince, il avait eu le courage de venir vers elle, il était beau, il avait du charme et, même si la délivrance de l'ennui n'était pas le grand sauvetage qu'elle avait imaginé, il était néanmoins venu à sa rescousse.

— Je suis d'accord avec vous, dit la princesse en s'efforçant de cacher son excitation. Il est vrai que c'est l'amour qui fait tourner le monde même si pour moi en ce moment le monde semble tourner autour de l'apprentissage de... de la Petite Ourse, ajouta-t-elle en cherchant ses mots.

Devant la parole hésitante de la princesse, le sourire du prince s'était élargi. Elle fit un immense effort sur elle-même pour détourner son regard de ce sourire.

— Je suis à votre disposition, Princesse, fit-il en tirant une chaise pour venir s'installer à côté d'elle.

Concernant les étoiles du ciel, Victoria ne tarda pas à en savoir davantage qu'elle ne l'avait jamais cru possible. Quant aux étoiles qu'elle avait dans le regard, elles formaient la plus jolie des constellations.

En rentrant au palais, Victoria eut l'impression qu'il s'était passé quelque chose de magique. En chemin, elle repensa à chaque mot et à chaque regard qu'elle et le prince avaient échangés et son excitation grandissait au point qu'elle avait du mal à retenir ses cris et ses rires.

Puis elle repensa soudain à cette pauvre petite Vicky qu'elle avait oubliée depuis si longtemps. Elle eut une envie folle de lui parler du prince. Après toutes ces années, Vicky ne restait-elle pas sa meilleure amie ? Elle se voyait en train de danser, de rire et de chanter avec elle comme elles le faisaient autrefois à chaque fois que quelque chose de merveilleux s'était passé. Mais oserait-elle faire sortir Vicky du placard ? Victoria fut assaillie par une foule de questions : comment serait Vicky après toutes ces années ? Et que diraient le roi et la reine ? Et que se passerait-il si… ?

Victoria employa sa méthode habituelle pour régler ce genre de question : elle fit une liste d'avantages et une liste d'inconvénients. Quand elle fut rentrée dans sa chambre et qu'elle eut déposé ses livres sur sa table, sa décision était prise : elle connaîtrait un deuxième grand événement dans sa journée.

Elle ouvrit son coffre à linge et fouilla parmi les beaux tissus et les dentelles en prenant soin de ne pas abîmer la carte de la famille royale. Tout au fond du coffre, elle finit par trouver quelque chose de dur et froid : la clef du placard où Vicky était enfermée.

Elle s'approcha doucement du placard et écouta à la porte.

— Vicky ? Coucou, c'est moi, Victoria.

La princesse donna de petits coups sur la porte.

— Vicky, je vais t'ouvrir. J'ai quelque chose de merveilleux à te raconter. Vicky ? Réponds-moi !

Victoria mit la clef dans la serrure, la tourna et entrouvrit la porte. Il faisait noir à l'intérieur et elle ne vit rien. Et toujours aucun bruit non plus.

— Vicky, où es-tu ? dit-elle en ouvrant la porte en grand.

C'est alors qu'elle vit la petite Vicky accroupie par terre. Les bras serrés autour des genoux, la tête basse, elle était complètement recroquevillée sur elle-même.

— Ça va ? N'aie pas peur. C'est moi, Victoria.

— Laisse-moi tranquille ! Va-t'en ! dit la petite fille en pleurant.

Puis elle s'enfonça un peu plus dans les profondeurs du placard.

— Qu'est-ce qu'il y a Vicky ? Je suis venue pour te libérer, dit Victoria.

— Non, laisse-moi. Je ne veux pas sortir.

— Comment cela, tu ne veux pas sortir ? Tu ne peux pas passer ta vie là-dedans.

— Si ! C'est ce que je veux. Je suis habituée maintenant. Va-t'en !

— Mais j'ai tellement de choses à te raconter. S'il-te-plaît. N'aie pas peur. Je ne vais pas te faire de mal.

— Mais tu m'en as déjà fait. Plein de fois.

— Je ne l'ai pas fait exprès. Excuse-moi. S'il-te-plaît. De toute façon, tout est différent maintenant, ça ne se reproduira plus.

— Je ne te crois pas ! fit Vicky en poussant de petits cris plaintifs.

— Si, Vicky, tu peux, je te le promets. Croix de bois, croix de fer, si je mens, je vais en enfer, tu te souviens ?

— Je ne te crois pas quand même et de toute façon je ne veux pas sortir.

Vicky leva furtivement les yeux vers Victoria.

— Mais tu peux rester un peu ici si tu insistes vraiment.

— C'est ridicule. Allez ! Viens ! On va s'asseoir sur le lit comme avant et…

— Non, je ne peux pas.

Victoria s'accroupit près de Vicky et prit l'enfant dans ses bras pour la consoler. Elles restèrent ainsi un long moment sans rien dire. Puis elles commencèrent à parler, à se raconter leurs souvenirs et à pleurer. Finalement, Victoria parvint à convaincre sa jeune amie de sortir. Assises sur le grand lit à baldaquin, elles continuèrent à parler, à se raconter leurs souvenirs et à pleurer. Et, comme cela s'était déjà produit bien des années auparavant, les larmes de Vicky inondèrent le lit de Victoria, puis la chambre. Et quand l'aube arriva, elles se réjouirent d'être à nouveau réunies et d'avoir enfin trouvé le prince tant attendu.

***

Le lendemain matin, à la demande de Vicky, Victoria raconta à nouveau sa rencontre avec le prince tout en fouillant fiévreusement dans sa garde-robe pour trouver ce qu'elle allait mettre.

— Il a l'air vraiment merveilleux. J'ai vraiment, vraiment envie de le voir, dit Vicky. Mais qu'est-ce qui va se passer s'il ne m'aime pas ? Et s'il me déteste comme le roi et la reine ? Je vais encore te poser des problèmes et tu vas encore m'enfermer dans le placard et…

— On va trouver une solution, Vicky. Mais pas aujourd'hui. C'est trop prématuré pour prendre des risques, d'accord ?

Le prince et Victoria se retrouvèrent comme prévu sous le vieux chêne planté devant les fenêtres de la classe du Professeur Barbant. Toutes les années que Victoria avait passées à s'entraîner à faire des battements de paupières et à soupirer avaient porté leurs fruits : elle remplissait admirablement son rôle.

Le prince était quelqu'un qu'on appréciait d'autant plus qu'on apprenait à faire sa connaissance. Tous les gens qui le connaissaient étaient d'accord là-dessus. Qu'elles soient en première année ou qu'elles préparent un doctorat, toutes les étudiantes l'appelaient le prince charmant. La princesse n'avait jamais rencontré quelqu'un qui mérite autant une si bonne réputation. Les jeunes filles étaient nombreuses à essayer de gagner les faveurs du prince mais il n'avait d'yeux que pour Victoria. Il aimait sa douceur, sa discrétion et sa taille menue. Il admirait son humour et son intelligence. Et lorsqu'elle était avec lui, Victoria se sentait belle, unique, rassurée, protégée.

Un jour, Victoria invita le prince au palais afin qu'il rencontre le roi et la reine qui furent ravis que leur fille ait trouvé un prétendant digne de son rang. Le fait qu'il prépare un doctorat sur les relations diplomatiques entre les royaumes les combla. Les yeux pétillants et le sourire chaleureux du prince rayonnaient dans tout le palais. Il racontait des histoires plus drôles que celles des bouffons et tout le personnel du palais l'adorait.

Dans les mois qui suivirent, Victoria laissa progressivement le prince faire connaissance avec Vicky. La première fois, ce fut très éprouvant pour ses nerfs car elle ne savait pas comment il allait réagir. Mais il s'avéra que les craintes de Victoria et de Vicky étaient sans fondement : plus le prince voyait Vicky et plus il l'aimait. En fait, il adorait sa sensibilité, sa manière de voir les choses et ses chansons, et il partageait ses rêves.

Le prince et la princesse jouaient, riaient, parlaient et s'aimaient. Et ils étudiaient beaucoup. Lorsqu'ils étaient séparés, les journées leur semblaient interminables et lorsqu'ils étaient ensemble, le temps passait trop vite. La princesse obtint son diplôme au mois de juin et, le jour même, le prince conquit son cœur pour toujours. Il lui demanda sa main et elle accepta.

Quelques jours avant le mariage, la princesse commença à faire ses bagages avec force agitation. Elle prendrait bien sûr le coffre qui contenait son trousseau puisqu'il avait été précisément conçu pour cette occasion et elle fit le tri de ses vêtements entre ceux qu'elle voulait emporter et ceux qu'elle donnerait aux pauvres.

Puis, tandis qu'elle était assiste à sa coiffeuse et passait en revue le contenu des tiroirs, elle leva les yeux vers le protocole royal, qui était encadré et accroché au mur. Inutile de le prendre, pensa-t-elle, je suis devenue l'incarnation même du protocole.

— Pas moi ! lança joyeusement Vicky.

— Quoi, pas toi ?

— Je ne suis pas devenue une incarnation du protocole comme toi. Mais ce n'est pas grave, de toute façon, le prince m'aime comme je suis.

— C'est vrai et quel soulagement ! Mais tout de même, Vicky, rappelle-toi que tu as encore beaucoup de progrès à faire. Au cas où…

La princesse enveloppa soigneusement ses flacons de parfum dans du papier de soie puis elle prit la boîte à musique dont elle tourna la clef. Lorsque les première notes de « Un jour mon prince viendra » se firent entendre, elle se tourna vers le grand miroir qui occupait toujours un angle de sa chambre et elle se souvint combien elle se trouvait belle, lorsqu'elle s'y contemplait, si belle en fait que cela lui donnait toujours envie de danser. Mais c'était lorsqu'elle était petite car par la suite, le miroir lui avait renvoyé la même image que celle qu'elle lisait dans le regard de ses parents. Cela lui déplaisait et elle avait fini par ne plus se regarder dans son miroir.

Mais ce jour-là, elle quitta sa coiffeuse et alla se placer devant son miroir. Elle y vit la beauté qu'elle lisait dans le regard de son prince, qui était toujours en adoration devant elle. Alors, elle se laissa porter par la musique et se mit à tourner dans sa chambre, tourbillonnant, les bras levés, mue par une inspiration qui venait du plus profond de son cœur. Vicky criait de plaisir. Elles accomplissaient leur destin. Bientôt elles seraient délivrées. Leur prince était enfin venu et elles allaient connaître le grand amour, le vrai, pour toujours.

***

Après un mariage somptueux et une lune de miel de rêve, le jeune couple, au comble du bonheur, alla s'installer dans un palais superbe non loin de celui des parents de la princesse. Les jardins étaient emplis d'arbres fruitiers et d'extraordinaires parterres de fleurs. Un banc de pierre, niché au cœur de la roseraie, accueillait souvent le couple princier qui venait y refaire serment de s'aimer pour toujours.

Le prince révéla des trésors insoupçonnés. Il ne se contentait pas d'être beau et d'avoir du charme, il se montrait également très adroit de ses mains pour réparer une foule de petites choses mais il fut bientôt tellement pris par son travail qu'il n'en trouva plus guère le temps. Cependant, il s'arrangeait toujours pour cueillir dans la roseraie des bouquets de superbes roses rouges que la princesse savait mettre en valeur avec un goût exquis.

Son prince était le soleil de Victoria et sa raison de vivre. Elle le comblait de mille attentions et de trésors d'affection. Elle se levait tôt comme lui chaque matin afin qu'il ne prenne pas son petit déjeuner tout seul et, bien souvent, elle glissait un mot d'amour dans sa serviette. Puis elle passait tendrement ses bras autour de son cou et lui disait :

— Passe une excellente journée, mon cœur.

Et il partait travailler à l'Ambassade royale.

Leur vie conjugale comblait Victoria au-delà de toutes ses espérances. Elle adorait s'habiller avec le plus grand raffinement pour l'accompagner aux réceptions du corps diplomatique. Lorsqu'ils étaient invités chez des amis, le prince avait toujours le don d'animer joyeusement la soirée et on lui demandait souvent de raconter l'histoire que tout le monde adorait, « Mon enfance au palais » :

— J'ai toujours cru que mes parents m'adoraient, même lorsqu'ils étaient très occupés à jouer au roi et à la reine, racontait-il. Jusqu'au jour où, en rentrant de l'école, je me suis aperçu qu'ils avaient déménagé. Et qui plus est, sans laisser d'adresse !

C'était la manière dont le prince racontait l'histoire qui la rendait très drôle et, immanquablement, les rires fusaient.

L'humour du prince était tellement prisé, qu'en privé, pour le taquiner, la princesse se mit à l'appeler son chevalier blagueur. Tout le monde enviait la princesse d'avoir un époux plein d'humour.

Et, lorsqu'au terme d'une soirée, le couple princier rentrait en son palais, le charmant chevalier blagueur prenait sa femme dans ses bras et l'enveloppait de tendresse.

— Ma princesse chérie, tu es si belle ! s'exclamait-il.

Et elle sentait sa poitrine se gonfler d'orgueil tandis qu'il la serrait contre lui.

Le dimanche, le prince et la princesse déjeunaient généralement avec le roi et la reine qui ne tardèrent pas à aimer leur gendre comme le fils qu'ils n'avaient jamais eu. Le prince discutait des affaires de l'État avec le roi pendant que la princesse et la reine supervisaient la préparation du repas. Parfois aussi, ils sortaient tous les quatre pour assister à un concert ou à un tournoi donné dans un palais voisin.

La princesse avait de nombreuses responsabilités qu'elle assumait avec sérieux, grâce et talent. Mais le temps ne lui manquait jamais pour remplir le palais de ses rires et de ses chansons ou pour entreprendre une nouvelle activité telle que le tir à l'arc.

Cependant, dès la première leçon, Victoria fut confrontée à un sérieux problème. Elle avait beau tirer de toutes ses forces sur la corde, elle n'arrivait jamais à la tendre suffisamment pour envoyer la flèche au-delà de quelques mètres. Vicky était mortifiée.

— Je ne veux plus jamais entendre parler de tir à l'arc, déclara la princesse à son époux.

— Ce n'était pourtant pas si mal pour une première fois, Princesse, fit le prince en lui tâtant les biceps pour la taquiner. Si tu persévères, peut-être arriveras-tu à muscler tes jolis petits bras.

Mais la princesse se sentait très humiliée et repensa aux jeux de son enfance auxquels elle n'excellait pas.

— Je crois que je ferais mieux de m'en tenir aux activités dans lesquelles je suis bonne, décida-t-elle.

— Heureusement, tu es très douée pour un grand nombre de choses qui sont bien plus importantes que le tir à l'arc, fit-il d'un ton moqueur.

La princesse lui répondit par un sourire sans enthousiasme car les plaisanteries dont elle faisait l'objet lorsqu'elle était enfant lui revinrent en mémoire.

Le prince lui prit le menton et tourna son visage vers le sien.

— C'est fini ce temps-là, dit-il. Je t'aime exactement comme tu es.

Elle savait qu'il était sincère en voyant son reflet dans ses yeux car ils lui disaient qu'elle était toujours belle.

Lorsqu'ils rentrèrent chez eux, la princesse s'installa dans un grand fauteuil pour lire un livre. Le prince, pour sa part, se plongea dans le journal. Quelques instant plus tard, il leva les yeux et dit à son épouse :

— Voilà quelque chose qui te conviendrait, Princesse : une troupe de théâtre fait passer des auditions pour *Cendrillon*. Le spectacle est destiné aux écoles et aux maisons pour les personnes âgées du royaume.

— Oui, c'est intéressant, mais je ne suis pas sûre…

— Je crois que tu devrais aller passer l'audition, Princesse. C'est fait pour toi. Je suis sûr que ça marchera, fit le prince avec un grand sourire qui creusait deux charmantes fossettes dans ses joues.

— Tu crois que si j'essayais, on pourrait me donner un rôle ?

— Ta voix attire les oiseaux qui viennent chanter avec toi et tu es la plus belle de toutes les princesses. Cela répond-il à ta question ?

— Monsieur le chevalier blagueur, fit la princesse avec un battement de paupières plein de charme, tu devrais réviser tes contes de fées. C'est Blanche Neige qui est la plus belle et non pas Cendrillon.

— Non, Princesse. C'est toi la plus belle.

***

La princesse alla passer l'audition et on lui donna le rôle principal. Le soir de la première, la salle était comble. Le prince était assis au premier rang avec le roi et la reine.

Vicky était morte de trac et la princesse avait les genoux tremblants mais elle joua superbement son rôle. A la fin de la pièce, la salle était debout dans un tonnerre d'applaudissements. Le prince monta alors sur scène et lui offrit douze grandes roses rouges, des roses magnifiques, les plus belles qu'elle n'ait jamais vues.

Lorsqu'elle revint dans les coulisses, la princesse fut interviewée par le chroniqueur royal qui lui affirma qu'elle avait une voix d'ange et qu'elle devrait envisager de passer une audition pour un rôle d'actrice professionnelle au Grand Théâtre Royal.

Le roi et la reine butinaient d'un groupe de personnes à un autre et recevaient les félicitations de tous et de chacun.

— Merci, disaient-ils. Mais vous savez, dès le plus jeune âge, elle avait beaucoup de talent pour le chant et la danse. Et je peux vous dire que c'est aussi une jeune personne intelligente et pleine d'esprit. En un sens, c'est logique car j'étais moi-même un enfant très doué.

Le metteur en scène débordait d'enthousiasme.

— Dès la première répétition, j'ai su que tu jouerais de façon exceptionnelle, affirma-t-il en lui offrant une minuscule paire de pantoufles de vair gravées à ses initiales.

Mais le plus grand bonheur de la princesse ce soir-là fut de voir le regard éclatant de son prince et de savoir que c'était pour elle que ses yeux brillaient ainsi. Ils brillaient tant qu'ils éclairèrent l'obscurité tandis qu'ils retournaient main dans la main vers leur carrosse. Il lui serra doucement la main : c'était sa manière à lui de lui dire « Je t'aime ». Tout allait pour le mieux dans le meilleur des mondes.

Chapitre Cinq
Le prince aux deux visages

La princesse était plongée dans ses pensées lorsque le prince, levant le nez de la pile de dossiers qu'il avait rapportés de l'ambassade, lui demanda quelles pensées occupaient son esprit charmant.

— Je me demandais ce qui se passerait si je suivais les conseils du chroniqueur et que je passe une audition pour le Grand Théâtre Royal.

— Je suis certain que tu serais prise, fit le prince d'un ton léger, l'air de rien. Puis on te donnerait des rôles de plus en plus importants et tu deviendrais une actrice célèbre.

La princesse eut un sourire.

— Je n'ai même pas encore passé d'audition et tu as déjà fait de moi une vedette.

— Ça serait simplement une question de temps. Je m'imagine déjà les choses, fit-il avec un geste de la main très théâtral. Ton nom sur l'affiche en lettres énormes. Une salle comble. Un succès extraordinaire ! cria-t-il à pleins poumons comme s'il assistait à la fin d'un tournoi.

Puis le prince se fit soudain silencieux et tripota nerveusement les papiers empilés devant lui.

— Et à partir de ce moment-là, finit-il par dire, tu serais tellement occupée que tu n'aurais plus de temps pour moi. Et tu aurais des dizaines et des dizaines de nouveaux amis dans le milieu du théâtre, avec qui je n'aurais rien en commun.

— Des dizaines et des dizaines de nouveaux amis dans le milieu du théâtre ! Très drôle, Monsieur le chevalier blagueur ! fit-elle sur le ton de la plaisanterie pour essayer de le sortir de sa surprenante mélancolie.

— Ça serait probablement la fin de notre couple, répondit le prince d'une voix faible, avachi sur sa chaise.

— Mais c'est ridicule ! Comment peux-tu dire une chose pareille !

— Je te connais, Princesse. Et je sais mieux que toi de quoi tu es capable. Je t'aime trop pour courir le risque de te perdre. Je ne veux pas que tu passes cette audition. Renonce à devenir actrice au Grand Théâtre Royal ou ailleurs. S'il te plaît. Si tu veux faire quelque chose, peut-être le moment est-il venu que nous songions à avoir des enfants.

La princesse était partagée entre la surprise et la déception mais le prince était sa priorité. Elle décida donc sur le champ de renoncer définitivement à se produire à nouveau sur scène.

Vicky, cependant, n'avait aucune intention de renoncer.

— Toute cette histoire est complètement idiote, dit-elle lorsque le prince eut quitté la pièce. Tu ne vas tout de même pas l'écouter.

— Eh bien si, justement, rétorqua Victoria.

— Mais tu ne peux pas faire cela, c'est injuste. Tu sais à quel point j'adore chanter et danser. Peut-être qu'on pourrait vraiment devenir célèbres.

— Ecoute, Vicky, tu as entendu ce qu'a dit le prince. Et tu m'avais promis d'arrêter de rêver à des choses qui n'arriveront probablement jamais.

— Mais si, ça pourrait arriver. Tu sais bien ce que le roi et la reine disaient de nos chansons et de nos danses. Et regarde aujourd'hui, tout le monde nous adore depuis *Cendrillon*.

— Oui, je sais, Vicky, dit Victoria, compatissante. Mais le prince nous adore encore plus. Et nous aussi nous l'adorons. Tu ne voudrais tout de même pas faire quelque chose qui le rende malheureux ou qui nous fasse risquer de le perdre, si ?

— Tu as raison, ça serait pire que de ne pas devenir des stars, maugréa Vicky.

Et elle n'en parla plus.

L'idée d'avoir un bébé plaisait de plus en plus à Victoria. Le prince et la princesse s'appliquèrent donc à faire un bébé mais les mois passaient sans résultat et leur déception grandissait.

Plusieurs années d'affilée, l'hiver fut très rigoureux et les épidémies de grippe sévissaient dans le royaume. La princesse tombait de plus en plus souvent malade et le prince faisait de son mieux pour la soigner et s'occuper d'elle.

Les années passant, le prince commença à se plaindre que son travail à l'ambassade était trop stressant et que ses collègues diplomates s'avéraient des gens ennuyeux, sans humour ni fantaisie. Il disait même parfois qu'il regrettait d'être né prince. Eût-il été forgeron qu'il aurait sans doute été plus heureux. La princesse était à la fois inquiète et déçue. Elle pensait qu'avec tout son potentiel intellectuel et son charme inné, il était sûr d'atteindre les plus hautes fonctions diplomatiques.

Le prince finit par accumuler tellement de doléances qu'il fut nommé président du Comité Royal des Plaintes et Doléances ; la princesse avait espéré qu'il aurait cette nomination, pensant que cela pourrait l'aider. Hélas ! il ne tarda pas à se lasser de cette nouvelle responsabilité. En fait, il était las de toute forme de responsabilité et ne voulait même plus s'occuper de l'intendance de leur palais comme il le faisait auparavant. Malgré tout, il était toujours aussi adorable et charmant et encore plus drôle qu'auparavant. Il passait de plus en plus de temps à raconter des histoires à tout le monde et on pouvait dire que Monsieur le chevalier blagueur était assurément au mieux de sa forme.

La princesse adorait son chevalier blagueur de tout son cœur et de toute son âme. Et elle s'efforçait de lui donner chaque jour davantage de preuves de son amour mais cela ne suffisait pas au prince. Il accusait son épouse de ne pas l'aimer autant que lui l'aimait. Elle s'efforça donc de lui prouver son amour par tous les moyens et alla également consulter l'Institut Royal de la Fécondité. Mais plus elle lui donnait d'amour et plus il semblait en manquer et en demander.

Un jour en fin d'après-midi, la princesse congédia son cuisinier pour la soirée. Elle adorait en effet cuisiner elle-même, surtout lorsqu'ils avaient un invité. Tandis qu'elle préparait l'une de ses spécialités, des fettucine aux brocolis avec une sauce au pistou et à la pistache, elle se mit à danser autour de la cuisine en chantant :

J'aime mon prince
Et il m'aime
Nous serons heureux
Et nous aurons beaucoup d'enfants.

Son chant ne manqua pas d'attirer les petits oiseaux qui arrivèrent à tire d'aile dans la cuisine pour chanter avec elle. Tout se passait merveilleusement bien jusqu'à ce que le prince arrive plus tôt que prévu avec son invité.

— Victoria ! Que se passe-t-il ? cria-t-il.

La princesse se figea sur place. Elle retroussa son nez, haussa les épaules et lui fit un sourire mi-figue mi-raisin.

— Heu… je prépare l'un de tes plats préférés, fit-elle avec une interrogation dans la voix, ne sachant comment le prince allait réagir.

Puis elle écarta doucement un oiseau bleu qui avait les pattes dans les pistaches.

Le prince lui jeta un regard qui lui glaça le sang puis quitta la cuisine sans dire un mot.

Victoria s'empressa de chasser les oiseaux et de rajuster son tablier et sa coiffure. Mais, bien que son dîner eût été une réussite parfaite, le prince était toujours en colère contre elle après le départ de son invité.

— Tu m'as fait honte, Victoria ! Ton comportement était parfaitement indigne d'une princesse. Qu'est-ce que c'est que ces manières de te donner ainsi en spectacle ! Grandiras-tu un jour ?

Vicky se mit à gémir à haute voix.

— Oh non ! D'abord le roi et la reine, ensuite toi, Victoria, et maintenant le prince ! Et moi qui croyais qu'il m'aimait !

La princesse baissa les yeux afin d'éviter de se voir dans le regard de son époux.

Un peu plus tard, tandis que la princesse se coiffait et se préparait à se coucher, le prince entra dans la chambre, prit une rose rouge dans le bouquet qui fleurissait sa coiffeuse, mit un genou à terre et tendit la rose à Victoria.

— Je te demande pardon, Princesse, pour ces choses affreuses que je t'ai dites. J'ai eu une journée très difficile à l'ambassade mais je ne voulais pas t'en faire subir les conséquences. Je t'en prie, accepte cette rose comme un gage de mon amour et sache que cela ne se reproduira plus, dit-il avec un grand sourire qui creusa ses fossettes.

Et ses yeux pétillants firent comme toujours palpiter le cœur de la princesse.

Bon, pensa-t-elle, je suis sûre qu'il n'était pas mal intentionné.

Puis son prince la prit dans ses bras et tout fut oublié et pardonné.

***

La princesse se forgea peu à peu une réputation de cuisinière émérite. Leurs amis comme leurs invités demandaient à chaque fois avec insistance à Victoria qu'elle leur donne ses recettes et le prince était très fier de son épouse.

Un soir, à l'issue d'un dîner chez le prince et la princesse, l'épouse d'un haut dignitaire du royaume fit mille compliments à Victoria pour son repas et lui suggéra de regrouper dans un livre les recettes que tout le monde lui demandait. Le prince trouva l'idée excellente.

— Je ne saurais pas écrire un livre, dit Victoria à son époux une fois que leurs invités furent partis. Et même si j'apprenais à écrire un livre, je ne trouverais probablement pas d'éditeur.

— Princesse chérie, lui répondit-il, tu crois toujours que tu ne vas pas réussir à faire quelque chose que tu n'as jamais fait auparavant. Mais bien sûr que tu vas y arriver.

Et le prince encouragea Victoria dans son entreprise et lui acheta du papier et des crayons afin qu'elle puisse noter toutes ses créations culinaires. Il goûta et donna son avis sur ses nouvelles recettes et loua ses efforts.

La princesse consacra plusieurs mois à l'élaboration de son livre. Par une belle après-midi ensoleillée, tandis qu'elle était installée à la table de sa cuisine et qu'elle notait la préparation de son soufflé aux légumes et aux herbes, elle eut soudain un grand frisson dans le dos comme si un tourbillon menaçant venait de pénétrer dans la pièce. Elle leva les yeux et vit le prince : son regard glacial la transperça.

— Tu t'occupes davantage de ce livre idiot que de moi, fit-il, le visage tordu par une grimace de colère. Tu n'as même pas levé le nez de ton papier quand je suis arrivé.

La princesse, abasourdie, mit quelques secondes à répondre.

— J'étais plongée dans ce travail. Je n'ai pas dû t'entendre.

— Ça ne m'étonne pas. Tu ne fais plus jamais attention à moi. A chaque fois que je te regarde, soit tu fais la cuisine, soit tu es en train de noter quelque chose.

— Excuse-moi. Je croyais que tu tenais beaucoup à ce que je fasse ce livre, dit la princesse qui commençait à trembler.

— Qu'est-ce qui te fait croire qu'un éditeur en voudra ?

— Mais c'est toi ! C'est toi qui m'a donné cette confiance. Je croyais que tu étais fier de moi.

— Fier ? De quoi ? fit le prince d'une voix rageuse. D'une épouse qui passe son temps à rêver à des choses qui n'arriveront probablement jamais ? D'une femme qui n'aime pas suffisamment son époux pour être là quand il a besoin d'elle ?

— Mais je suis là quand tu as besoin de moi ! Et tu sais bien que je t'aime ! Que je t'aime de tout mon cœur et de toute mon âme ! Que je t'ai toujours aimé ! Tu le sais ! Je demande au cuisinier du palais de te préparer les petits déjeuners que tu aimes avec du bon porridge, de la cannelle et des raisins ou les petites galettes au beurre que tu adores, je me lève le matin pour que tu ne prennes pas ton petit déjeuner tout seul, je cache des petits mots d'amour dans ta serviette pour que tu les trouves en arrivant au bureau, je te masse les épaules et le cou le soir quand tu rentres tout tendu par une journée difficile, je te dis régulièrement que tu es beau, que tu as du charme et que tu es un prince merveilleux, je suis ton meilleur public pour tes blagues et tes histoires, je reçois tes amis du mieux que je peux, je m'occupe de l'intendance du palais, je m'assure qu'il y ait toujours des bouquets de roses rouges dans toutes les pièces pour symboliser notre grand amour, je vais m'asseoir avec toi sur le banc de pierre de la roseraie et tu dis que je ne t'aime pas assez ?

Le ton de la princesse était monté au fur et à mesure de son énumération.

— Arrête, Victoria ! Ça suffit ! coupa le prince, blanc de colère. Je ne supporte plus tes explications qui n'en finissent pas.

Il tourna les talons et quitta la cuisine d'un pas furieux. La princesse avait l'estomac noué, la poitrine oppressée et la tête prête à éclater à cause des hurlements hystériques de Vicky :

— Il nous déteste ! Il nous déteste !

La princesse monta dans leur chambre et pleura à chaudes larmes, la tête cachée dans ses oreillers. Le prince monta la rejoindre et s'assit sur le lit à côté d'elle. Il lui répéta sur tous les tons qu'il était vraiment désolé, qu'il ne pensait pas une seconde les choses qu'il lui avait dites et que pour rien au monde il ne voudrait lui faire du mal. Il lui dit à quel point il l'aimait et lui promit solennellement qu'une telle chose ne se reproduirait plus.

— C'est ce que tu as dit la dernière fois, fit la princesse, la voix étouffée par ses oreillers. Qu'est-ce que tu as ? Qu'est-ce qu'il y a qui ne va pas ?

— Je ne sais pas, Princesse. C'est plus fort que moi. Je ne peux pas me l'expliquer.

— Qu'est-ce ça pourrait être ? lui demanda Victoria en redressant la tête.

— Je voudrais bien le savoir. Il y a cette force en moi qui me pousse à dire ces choses horribles. Et au moment même où je m'entends les dire, je n'arrive pas à croire ni à comprendre comment je peux dire des choses pareilles.

— En tout cas, ce n'est pas mon cher chevalier blagueur. Ça, j'en suis sûre.

— Non, ce n'est pas lui, il se cache dans ces cas-là.

— Il se cache ? Attends, cela me rappelle une histoire que j'ai entendue un jour, je crois que ça s'appelle l'histoire du Docteur Jekyll et de M. Hyde. Oui, c'est cela, je me souviens maintenant. Le bon Docteur Jekyll changeait parfois de personnalité et devenait l'horrible M. Hyde qui lui faisait faire des choses épouvantables. C'est exactement ce qui t'arrive, c'est comme si tu changeais de personnalité et que quelque chose te pousse à dire toutes ces horreurs. C'est cela ! c'est comme si quelqu'un de méchant rentrait dans ta peau.

— Tu crois vraiment ? Comment cela est-il possible ? demanda le prince.

— Je ne sais pas. Peut-être qu'on t'a jeté un sort.

— Oui ! C'est ça ! Quelqu'un m'a jeté un mauvais sort !

— C'est vrai que j'ai remarqué qu'un tourbillon menaçant semblait s'engouffrer dans la pièce à chaque fois que ton regard devenait glacial.

— Princesse, il faut que tu m'aides, s'il te plaît, demanda le prince implorant en s'accrochant désespérément aux épaules de Victoria.

— Oh mon chéri ! Bien sûr que je vais t'aider, dit-elle en mettant ses bras autour de son cou et en l'attirant vers elle pour le rassurer. N'ai-je pas fait serment de t'aimer pour le meilleur et pour le pire jusqu'à ce que la mort nous sépare ? Ne t'inquiète pas. A nous deux, nous allons trouver une solution.

Chapitre Six
Tu abîmes toujours
la plus belle rose

Le jour où le livre de Victoria, *Recettes de princesse*, sortit des Presses Royales, le prince lui demanda de signer des dizaines d'exemplaires qu'il offrit fièrement aux diplomates de l'ambassade, aux membres du Comité Royal des Plaintes et Doléances, à son cocher et à son majordome. Cependant, le prince se fatigua vite d'assister aux séances de dédicaces de la princesse qui était alors le centre d'intérêt de tout le monde et il perdit son enthousiasme du début. Ce qui le gênait le plus, c'est que lorsqu'ils étaient invités à une soirée, les gens s'intéressaient tellement à la princesse qu'ils ne faisaient plus guère attention à lui et qu'il n'avait personne à qui raconter ses blagues préférées.

Quant à la princesse, sa gloire avait un arrière-goût amer car elle se faisait énormément de souci pour le prince. Sa priorité était véritablement de trouver un moyen de l'aider. Dans un premier temps, elle appela l'Université impériale et parla au directeur de l'Institut des Puissances Surnaturelles. Celui-ci l'assura qu'il la rappellerait. Puis elle se rendit à la Bibliothèque du Royaume pour consulter des ouvrages sur la sorcellerie dans l'espoir de trouver un antidote. C'est le prince qui lui avait demandé de faire cette recherche car il était trop absorbé, disait-il, par les problèmes qu'il avait à régler à l'ambassade. Mais avant même qu'elle n'ait eu le temps de lire tous les documents qu'elle avait réunis, cela se produisit à nouveau : M. Hyde revint, beaucoup plus rapidement que la dernière fois.

Au départ, il s'écoulait de longues périodes entre deux crises de méchanceté du prince qui ne duraient que quelques minutes. Mais plus le temps passait et plus les crises étaient fréquentes et longues : elles pouvaient désormais durer des heures voire des jours entiers. Et lorsque M. Hyde finissait par s'en aller, la princesse avait l'impression d'avoir été piétinée par un cheval fou. A chaque fois, il lui fallait un peu plus de temps pour s'en remettre.

Le prince finissait toujours par reprendre son comportement normal de chevalier blagueur, drôle, charmant et tendre. Il s'excusait abondamment et implorait toujours la princesse de lui donner encore une chance et il jurait que cela ne se reproduirait plus. Mais cela se reproduisait toujours et encore.

La princesse devint très anxieuse ne sachant jamais si ç'allait être le bon Docteur Jekyll ou le méchant M. Hyde qui se réveillerait à ses côtés le matin ou rentrerait de l'ambassade le soir. A chaque fois qu'il réapparaissait, M. Hyde était plus horrible que la fois précédente. Il était aussi acerbe que le chevalier blagueur était tolérant, aussi blessant que le chevalier blagueur était gentil, aussi haineux que le chevalier blagueur était aimant. Il prenait plaisir à lui faire du mal, et il y arrivait très bien. Il connaissait tous les secrets, les pensées intimes, les peurs et les rêves que la princesse avait confiés au prince, et était devenu très habile dans l'art de s'en servir pour la blesser.

Comme elle savait au fond d'elle-même que le prince était bon mais qu'il ne pouvait pas s'empêcher d'être d'une méchanceté effrayante quand il était sous l'influence du mauvais sort qu'on lui avait jeté, la princesse redoubla d'efforts pour essayer de le libérer. Elle demanda à ce que *La revue mystique du royaume* soit envoyée au palais et y découpa les articles qui lui semblaient intéressants, soulignant en rouge les passages importants afin de ne pas gâcher le temps précieux du prince. Elle les déposait ensuite sur sa table de travail, là où elle était sûre qu'il les trouverait. Mais toutes ces informations restaient par trop sommaires.

La princesse décida alors qu'il fallait qu'elle élabore soigneusement un plan de bataille. Elle prit donc sa plus belle plume et rédigea une liste de tous les moyens auxquels elle pouvait penser pour aider le prince à se débarrasser de son mauvais sort. Après tout, pensa-t-elle, chaque problème n'a-t-il pas une solution ? Il suffisait qu'elle la trouve, c'était tout. Puis elle s'employa à essayer une par une chacune des idées qu'elle avait notées.

Elle suggéra d'abord au prince de prendre conseil auprès d'un professionnel : peut-être par exemple le directeur royal des prières qui était éminemment qualifié pour s'occuper du mal ou le magicien de la cour qui savait faire disparaître les choses. Le prince refusa ces deux propositions. La princesse pensa alors qu'il se sentirait peut-être plus à l'aise avec quelqu'un qu'il ne connaissait pas et lui suggéra d'aller voir l'astrologue qui habitait aux confins du royaume et dont elle avait entendu dire le plus grand bien. Le prince lui répondit qu'il n'avait nullement l'intention de parler de son problème à un inconnu qui de doute façon ne pourrait sans doute rien faire pour lui.

— Alors il faut que tu mettes davantage d'ardeur à te battre contre le sort qui t'a été jeté pour qu'il n'ait pas raison de toi, lui dit la princesse avec détermination.

— Mais c'est ce que je fais, Princesse. J'ai fait tout ce que j'ai pu. Mais le sort est tellement puissant. Juste au moment où je pense que je vais mieux, M. Hyde pointe son nez et je ne peux rien faire pour l'arrêter, dit le prince d'un air désespéré.

— Mais tu es tellement courageux, mon prince. Tu vas tout de même pas laisser une espèce de méchant sortilège avoir raison de toi.

— Je n'y arriverai pas sans toi. Tu es bien plus douée que moi pour gérer ces choses-là. Si tu m'aimes, si tu m'aimes vraiment, tu trouveras un moyen pour me débarrasser de ce sortilège.

Lorsque M. Hyde apparut à nouveau, la princesse essaya la deuxième idée de sa liste : lui demander d'arrêter de la tourmenter. Mais cela resta sans effet. Elle essaya donc sa troisième idée, menacer de s'en aller s'il revenait encore. Mais cela ne marcha pas non plus.

La princesse n'avait aucune intention de renoncer, quelles que soient les propres intentions du prince. Si cela devenait nécessaire, elle serait assez forte et assez courageuse pour deux. Il le fallait.

Quand M. Hyde réapparut donc, elle se battit pied à pied.

— Je te combattrai à mort pour retrouver une bonne fois pour toutes mon chevalier blagueur, lui dit-elle avec autant de force qu'elle le put.

M. Hyde, la tête rejetée en arrière, éclata de rire :

— Toi ? Te battre à mort contre moi ? Tu veux rire ! Une fragile petite chose comme toi ! Qui a peur de son ombre. Qui n'arrive même pas à tendre la corde d'un arc. Qui tombe malade à chaque fois qu'il y a un peu de vent. Tu me fais trembler de peur, Princesse ! lança-t-il d'une voix tonitruante.

Si M. Hyde paraissait imperturbable, la princesse était pour sa part morte de peur. Elle avait l'estomac noué, la poitrine oppressée au point d'avoir du mal à respirer et le sang lui battait dans les tempes au rythme des cris d'angoisse de Vicky.

Epuisée, abattue, la princesse était arrivée au bout de sa liste d'idées, sans succès. Et lorsque M. Hyde apparut la fois suivante, Victoria dit à Vicky de ne pas l'écouter, que le prince ne pensait pas ce qu'il disait, que ce n'était pas de sa faute car il ne pouvait pas empêcher M. Hyde de penser et d'agir comme il le faisait.

La princesse passait de longs moments à contempler mélancoliquement son coffre blanc de jeune fille orné aux quatre angles de roses sculptées dans le bois ; elle se remémorait les bons moments, attendait et s'efforçait de son mieux de garder espoir à tel point qu'elle finissait par passer plus de temps à attendre son prince charmant qu'à vivre avec lui.

Les journées lui parurent de plus en plus longues et difficiles. Avec les propos contradictoires de Victoria et de Vicky, du chevalier blagueur et de M. Hyde, la confusion était à son comble dans l'esprit de la princesse : elle n'était plus sûre de ce qu'elle voyait, entendait, pensait ou ressentait. Elle était de plus en plus épuisée par son inquiétude, ses soucis, l'angoisse qui lui serrait la poitrine, lui nouait l'estomac et lui donnait mal à la tête, par ses larmes, ses discussions déchirantes avec le chevalier blagueur, ses affrontements cauchemardesques avec M. Hyde et ses efforts incessants pour calmer Vicky.

En outre, elle dormait mal, surtout les nuits où M. Hyde était là. Chaque soir avant de s'endormir, il lui disait quelque chose de méchant ou l'accablait de reproches. A la suite de quoi, il se retournait et sombrait immédiatement dans un sommeil profond de telle sorte qu'elle n'avait pas la possibilité de dire quoi que ce soit. Alors elle ressassait mille questions pendant des heures : pourquoi avait-il dit cela ? Qu'aurait-elle pu répondre ? Pensait-il vraiment ce qu'il avait dit ? Etait-ce vrai ? Qu'avait-elle envie de répondre ? Etc.

Et plus les heures sans sommeil passaient et plus elle était crispée, tendue, angoissée. Le pire, c'est qu'elle avait même peur de bouger — ne fût-ce que pour se gratter le nez — car immanquablement M. Hyde se réveillait brusquement, lui hurlait des choses affreuses à la figure et lui reprochait de faire exprès de bouger pour le réveiller. Elle finissait par sombrer dans un sommeil agité, espérant et priant que ce soit le chevalier blagueur qui se réveille à ses côtés au matin.

Quand c'était M. Hyde qui était là, elle se demandait avec inquiétude combien de temps il allait rester. Et quand c'était son chevalier blagueur qui était là, elle se demandait aussi combien de temps cela allait durer. Quand elle était seule, elle était inquiète car elle ne savait pas lequel des deux allait arriver et elle se demandait comment stopper ses tremblements et son angoisse. Au bout d'un moment, elle cessa d'essayer car elle avait oublié ce que c'était que d'être calme.

Et quand elle sentait qu'elle ne pourrait plus supporter cette tension une seconde de plus, c'était généralement son chevalier blagueur qui rentrait, pleurant à chaudes larmes et se répandant en excuses. Il lui affirmait alors que M. Hyde disait des choses pour lui faire du mal mais que rien de ce qu'il disait n'était vrai. Qu'elle était douce et tendre et qu'il avait de la chance de l'avoir pour épouse. Il lui soutenait aussi qu'il allait mieux et qu'elle se faisait des idées en croyant que les choses allaient de mal en pis. Enfin, il l'assurait qu'il allait redoubler d'efforts et que leur vie ne tarderait pas à redevenir merveilleuse comme avant.

Elle savourait alors chacune des paroles rassurantes du prince et le croyait de tout son cœur. Les yeux pétillants du prince la faisaient fondre une fois encore et elle se jetait dans ses bras en disant :

— Mon prince charmant adoré, mon précieux chevalier blagueur, je remercie le ciel que tu sois revenu.

Et le regard glacial de M. Hyde disparaissait de son esprit comme s'il n'avait jamais existé.

La princesse profitait d'un de ses rare moments de bonheur : le soleil inondait la cuisine et elle vidait et nettoyait les vases de cristal car le prince était parti dans la roseraie pour lui cueillir des fleurs fraîches. Elle regarda une fois encore le mot que le prince lui avait glissé le matin même dans sa serviette au moment du petit déjeuner :

Les roses sont rouges et les violettes bleues. Et la meilleure épouse du royaume, c'est toi, ma princesse, toi.

Soudain, la porte s'ouvrit brutalement et le prince entra en trombe. Il jeta un gros bouquet de roses sur la paillasse, faisant ainsi tomber des pétales rouges par terre et dans l'évier.

— Profite-en, Princesse, car c'est la dernière fois que je te cueille des roses. Désormais, si tu en veux, tu iras les cueillir toi-même.

La princesse le regarda sans comprendre.

— Que dis-tu ? Je ne comprends pas…

— Je me suis piqué le doigt avec une épine et c'est à ce moment-là que j'ai compris qui m'avait jeté un mauvais sort.

— C'est merveilleux que tu aies enfin trouvé. Qui est-ce ?

— Comme si tu ne le savais pas ! hurla le prince. C'est toi, Princesse, toi ! fit-il en pointant un doigt accusateur vers elle.

— Comment ça, moi ? Moi qui essaie de t'aider depuis le début ? Moi qui…

— Ne recommence pas tes litanies ! Tu ne vas pas t'en sortir comme ça !

— Me sortir de quoi ? Je n'ai rien fait.

— Ah bon ? Vraiment ? fit-il méchamment. Alors comment expliques-tu que le sort ne se manifeste que lorsque je suis avec toi, jamais quand je suis avec quelqu'un d'autre ? Hein ? Qu'as-tu à dire à cela, Mademoiselle Parfaite, Mademoiselle qui fait toujours mieux que tout le monde et qui n'est jamais contente ? C'est de ta faute ! C'est toi qui es à l'origine de tout cela ! hurla-t-il en écrasant délibérément un pétale de rose sous sa botte.

Victoria eut l'impression de recevoir un coup de poignard dans le cœur.

— Je ne sais même pas comment jeter un sort, murmura-t-elle en se demandant comment tout cela pouvait être possible.

— Ça ne fait rien, je sais que c'est de ta faute.

Le prince sortit comme une furie de la cuisine, la princesse le suivit en le suppliant de l'écouter mais il lui claqua la porte au nez et faillit la renverser.

— Je veux partir d'ici ! hurlait le prince qui traversa le palais en explosant de colère.

Enfin, il sortit dans la cour et appela son cocher. La princesse le rejoignit en courant et le vit qui se tenait près de sa voiture et frappait à grands coups dans la portière. Il marmonnait des choses qu'elle n'arrivait pas à comprendre mais elle se dit que de toute façon elle préférait ne pas les entendre.

Victoria s'arrêta dans sa course puis s'approcha du prince avec précaution.

— Ça va ? lui demanda-t-elle. Que t'est-il arrivé ?

— C'est toi ! hurla-t-il. Tout est de ta faute !

Le cocher qui se tenait en silence près de la voiture, regarda la princesse d'un air perplexe et haussa les épaules.

— Ma faute ? Mais qu'est-ce que j'ai fait ? demanda la princesse.

— C'est ça ! Fais celle qui ne comprend pas ! Franchement, pour quelqu'un qui se dit intelligent, tu ne comprends pas grand-chose ! Réponds-moi ! Tu ne comprends pas grand-chose, hein ? Réponds-moi !

La princesse avait la gorge sèche et était bien incapable de dire quoi que ce soit.

— Peu importe ! Je vais te le dire, moi, ô lumière des lumières, je me suis fait mal à la jambe en montant en voiture.

— Et c'est de ma faute ? demanda la princesse avec douceur, de peur de mettre le prince encore plus en colère.

Ce dernier s'avança vers elle en boitant et en agitant furieusement son poing en l'air.

— Si je n'avais pas été si en colère contre toi, je n'aurais pas eu à partir d'ici précipitamment et j'aurais fait attention à ce que je faisais au lieu de penser à la manière dont tu m'as trahi, cria-t-il, fou de rage, le visage cramoisi. C'est à cause de toi que je me suis fait mal !

La princesse, qui aurait voulu pouvoir disparaître dans un trou de souris, baissa les yeux afin d'éviter le regard du prince.

Mais le regard glacial et la voix méchante continuaient à la harceler.

— Regarde-moi quand je te parle, Victoria ! lui ordonna-t-il.

Elle obtempéra et leva ses grands yeux effrayés. Derrière le regard glacial, elle vit son reflet qui lui montra avec précision ce qui n'allait pas chez elle. La princesse ferma les yeux pour ne pas pleurer.

Le prince secoua vigoureusement son poing sous son nez et elle vit que les veines de son cou étaient terriblement gonflées. Les cris du prince résonnaient dans ses oreilles.

— Tu es beaucoup trop fragile, Victoria ! Trop délicate ! Au point d'être incapable d'avoir des enfants ! fit-il en criant de plus en plus fort. Qu'est-ce que tu as ? Pourquoi n'es-tu pas comme les autres princesses ? Qu'est-ce que j'ai fait pour mériter ça ? ajouta-t-il en levant les bras au ciel.

Vicky s'était mise à crier si fort pour couvrir les cris du prince que Victoria avait terriblement mal à la tête. Elle fit brusquement demi-tour et rentra dans le palais en courant jusqu'au salon dont elle claqua la porte.

— Qu'est-ce qu'on va faire maintenant ? demanda Vicky en reniflant.

— Je ne sais pas, répondit Victoria tandis qu'elle s'affalait dans un canapé à franges. Laisse-moi réfléchir.

— Mais il faut que tu saches !

— Vicky, s'il te plaît ! Laisse-moi réfléchir en paix.

Vicky attendit. Puis, lorsqu'elle ne supporta plus d'entendre le tic-tac de la pendule sur la cheminée, elle finit par dire ce qui la tracassait depuis longtemps.

— Peut-être que le mauvais sort, c'est de notre faute. Peut-être que tout est de notre faute.

— Ne t'y mets pas aussi ! Comment peux-tu dire une telle chose ?

— C'est comme ça que je le sens. De toute façon, c'est lui le prince charmant, tout le monde le dit.

— On ne peut pas toujours croire ce que disent les gens, Vicky, et je ne suis plus du tout certaine que le prince ne nous mente pas.

— Mais s'il a raison ? continua Vicky. S'il est allergique à nous ou un truc du genre ? Et si c'est ce qu'on fait et ce qu'on dit toutes les deux qui fait venir le mauvais sort, comme il le dit ?

— Oh, Vicky ! Pour l'amour du ciel !

— Ça le prend seulement quand il est avec nous. Personne d'autre n'a jamais vu M. Hyde. Sauf le cocher tout à l'heure.

Ce que disait Vicky semblait suffisamment plausible pour que Victoria s'efforce de trouver ce qu'elles avaient bien pu faire pour jeter un mauvais sort au prince. Mais ses interrogations restèrent vaines et sans réponse. Elle pensa néanmoins qu'elles avaient dû commettre beaucoup d'erreurs pour provoquer tant de malheur mais elle n'arrivait pas à savoir quoi.

— Je ne sais plus quoi penser, Vicky, dit Victoria. Je suis fatiguée, tellement fatiguée.

— Pourtant c'est toi qui sait comprendre les choses. Il faut absolument que tu trouves la réponse.

Vicky attendit nerveusement tandis que Victoria se torturait l'esprit à essayer de résoudre le problème.

— Ce que tu dis est peut-être vrai, Vicky. On ne peut pas prendre le risque de se tromper. Je crois qu'il faut qu'on fasse encore des efforts pour ne pas faire, dire ou penser des choses qui peuvent attirer le mauvais sort chez le prince.

— Mais comment peut-on faire encore plus d'efforts qu'on en a déjà faits ?

— Il faut qu'on se tienne bien. Non, plus que bien, il faut qu'on soit parfaites.

— J'y arriverai pas. Tu te souviens, j'ai essayé avec le roi et la reine. Je ne peux pas faire mieux.

— Ecoute, je crois qu'il vaut mieux essayer quand même. Et cette fois, j'espère que tu pourras y arriver sinon le prince risque de nous quitter.

***

La princesse essaya donc chaque jour d'être parfaite dans tous les domaines. Mais c'était chaque fois quelque chose de différent qui faisait venir le sortilège. Vicky ne voulait cependant prendre aucun risque avec le prince. En effet, elle ne s'était jamais bien remise de n'être pas assez parfaite pour être aimée par le roi et la reine et elle faisait encore des cauchemars où elle se voyait séparée de Victoria comme à l'époque où elle était restée enfermée dans un placard. Elle s'efforçait sans arrêt d'être parfaite au point qu'elle épuisa Victoria.

Ainsi, Vicky n'était plus satisfaite par le travail des femmes de chambre du palais et elle insistait pour que Victoria passe systématiquement derrière. Et bien que la princesse ait toujours été une hôtesse hors pair pour les invités de marque de son époux, Vicky était maintenant morte d'inquiétude à chaque fois qu'une réception était prévue. Elle tenait absolument à ce que Victoria fasse toute la cuisine elle-même et que les plats soient décorés de la façon la plus élaborée qui soit. Les cuisiniers voulaient aider la princesse mais Vicky le leur interdisait. Si bien que lorsque les invités arrivaient, Victoria était trop fatiguée pour passer une bonne soirée.

Lorsque Victoria devait prendre une décision, si minime soit-elle, Vicky voulait s'assurer qu'elles prennent bien la bonne décision. Vicky avait tellement peur de se tromper qu'elle obligeait Victoria à demander par écrit à la reine, qui avait généralement raison en tout, ce qu'il fallait faire. Elle demandait donc à une servante de porter la question à la reine et d'attendre sa réponse. Mais les servantes passaient ainsi tellement d'heures en allées et venues qu'elles n'avaient plus le temps de s'occuper du lavage et du repassage que Victoria devait donc assumer elle-même.

La situation était encore pire lorsque Victoria devait voter en tant que membre du très prestigieux Comité Royal pour les Défavorisés. Victoria faisait alors une liste de « pour » et de « contre » et quand elle pensait avoir enfin pris sa décision, Vicky jetait le doute dans son esprit. Si elle changeait effectivement d'avis pour adhérer à l'opinion de Vicky, celle-ci essayait de la faire revenir à sa première décision. La princesse passait ainsi de longs moments, troublée et indécise, tandis que les autres membres du Comité attendaient impatiemment qu'elle vote.

Mais quels que soient les efforts que la princesse pût faire, cela ne changeait rien pour M. Hyde. Il errait dans le palais avec son air méchant et son regard glacial à la recherche de quelque chose pour alimenter sa colère. Et lorsqu'il ne trouvait rien, il inventait quelque chose.

L'expression du visage de la princesse suffisait souvent à le mettre en rage. Mais elle ne pouvait rien y faire car, quelle que soit la mine qu'elle avait, le prince s'en trouvait irrité. Parfois, il faisait son numéro de « Je sais ce que tu penses » et il devenait comme une bête furieuse parce qu'il était persuadé qu'elle pensait telle ou telle chose. Et lorsque la princesse s'efforçait de le détromper et de lui dire qu'elle ne pensait pas ce qu'il croyait, il l'accusait de mentir et de nier la vérité.

— Je sais mieux que toi les idées qui habitent ta petite tête de conspiratrice ! affirmait-il.

Convaincue qu'elle ne serait jamais assez parfaite pour stopper M. Hyde dans sa course infernale, Vicky était chaque jour un peu plus abattue et, par voie de conséquence, Victoria aussi.

— Je suis comme je suis, dit un jour Vicky à voix tellement basse que Victoria dut vraiment tendre l'oreille pour entendre ce qu'elle disait. Mais je ne suis pas assez bien. Les choses ne pourront jamais bien aller avec le prince tant que je serai là. Peut-être vaudrait-il mieux que je m'en aille pour ne jamais revenir.

Victoria ne répondit pas. Plongée dans ses pensées, elle se demandait s'il était possible que Vicky puisse avoir raison. Sur ces entrefaites, Vicky alla solennellement s'enfermer dans le placard de la chambre et claqua la porte derrière elle. Elle s'assit par terre dans le noir, se recroquevilla dans un coin et s'efforça d'étouffer le bruit de ses pleurs. Mais l'enfermement de Vicky ne servit à rien : l'attitude du prince ne fit qu'empirer.

Chaque soir, allongée dans son lit sans trouver le sommeil, la princesse regardait les ombres au plafond de la chambre et laissait ses larmes couler le long de ses tempes et mouiller ses cheveux sans jamais les essuyer de peur de déranger l'étranger à l'humeur versatile qui dormait à côté d'elle.

Parfois, elle le regardait dormir paisiblement. Et elle voyait le même prince, beau, courageux et charmant que celui dont elle était tombée amoureuse et qu'elle aimait encore. Elle avait envie de passer ses doigts dans les cheveux noirs de jais qui lui étaient si familiers et de se blottir dans ces bras puissants et rassurants qui lui avaient si souvent réchauffé l'âme et le cœur. Il était étendu là, à côté d'elle, à la fois très proche et très inaccessible et les souvenirs lui pinçaient le cœur. Bien souvent son prince, qui pourtant se trouvait à ses côtés, lui manquait cruellement.

Un matin, la princesse se réveilla plus tard que d'habitude. Elle avait particulièrement mal dormi et elle eut beaucoup de mal à se lever. Son estomac la faisait souffrir à force d'être noué et sa poitrine oppressée la faisait tousser. Le chevalier blagueur n'était jamais resté si longtemps sans revenir et elle se demandait combien de temps encore elle pourrait tenir sans le revoir.

— Où est mon chevalier blagueur ? demanda-t-elle à M. Hyde qui était déjà en train de s'habiller. Voilà des semaines que je ne l'ai pas vu.

— Il est parti.

— Ce n'est pas possible. Je sais qu'il est là quelque part. Je sais qu'il ne m'abandonne pas. Il a fait serment de m'aimer et de me protéger pour le meilleur et pour le pire jusqu'à ce que…

— La mort nous sépare.

Le prince avait coupé la parole à la princesse et terminé la phrase à sa place.

— Eh bien devine ce qui s'est passé, Princesse. Il est mort. Le prince que tu connaissais est mort depuis bien longtemps. Alors ça ne sert plus à rien d'attendre et d'espérer en pleurant. Il est mort et il ne reviendra jamais.

— Mais je sais que tu es là quelque part, mon cher Prince, dit Victoria qui avait la gorge tellement serrée qu'elle arrivait à peine à parler.

Elle plongea son regard dans les yeux du prince, par-delà son regard glacial et par-delà son propre reflet, et là elle trouva, à l'endroit précis où elle le pensait, un tout petit pétillement qui, elle le savait, lui était destiné.

Un océan de larmes monta de l'âme de la princesse et faillit la noyer de tristesse. Entre deux sanglots, elle se rappela du conte de fées que, pendant des années, elle avait rêvé de vivre avec son prince charmant. Et voilà ce que son rêve était devenu.

Le prince sortit de la chambre et elle redoubla de sanglots. Soudain, elle pensa avec nostalgie à sa chambre de jeune fille, à sa montagne d'oreillers et à ses édredons roses. Peut-être que si elle retournait chez ses parents pendant un temps, elle pourrait reprendre ses esprits et décider plus tranquillement ce qu'il fallait qu'elle fasse.

Mais Vicky était très opposée à cette idée.

— Je ne veux pas m'en aller ! dit-elle en pleurant tandis que Victoria préparait son superbe petit sac de voyage. Je préférerais mourir plutôt que de quitter le prince. Il a besoin de moi et j'ai besoin de lui.

— Mais nous partons seulement pour nous reposer et réfléchir à ce que nous devons faire. Personne n'a parlé de quitter le prince.

— Bon, je suppose que je ne peux pas rester ici toute seule avec M. Hyde, ça c'est sûr et certain. Il vaut mieux que je parte avec toi. Mais promets-moi que nous allons revenir. Dis : « Croix de bois, croix de fer… »

— Croix de bois, croix de fer, si je mens je vais en enfer. Allez, maintenant, viens, Vicky. On y va.

Chapitre Sept
Le cœur et la raison

Tandis que son carrosse l'emportait vers le palais de ses parents, la princesse essaya de trouver une explication plausible au fait qu'elle arrivait inopinément, seule et avec son sac de voyage. Plusieurs idées lui vinrent à l'esprit mais, en arrivant, elle décida de leur dire la vérité et de leur parler du prince et de son sortilège. Elle avait gardé le secret aussi longtemps qu'elle avait pu et, maintenant, il fallait qu'elle en parle.

— Où est la reine ? demanda la princesse au serviteur qui vint lui ouvrir la porte.

— Je pense qu'elle est dans la bibliothèque, Princesse.

— Veillez à ce que ceci soit porté dans mon ancienne chambre, dit Victoria en tendant son sac au serviteur.

— Eh bien, Princesse, quelle surprise ! lança le roi qui arrivait du fond du grand hall. Je croyais bien avoir entendu ta voix.

La princesse se jeta au cou de son père et blottit longuement sa tête contre son épaule.

— Est-ce bien un sac de voyage que tu as fait monter ? lui demanda-t-il. Tu as l'intention de rester ?

— Quelques jours, si je le puis.

— Bien entendu, Princesse. Mais…

— J'ai besoin de vous parler ainsi qu'à mère.

— Il y a quelque chose qui ne va pas ? Tu as l'air un peu…

— Père, s'il vous plaît. Ça me sera beaucoup plus facile si je vous parle à tous les deux en même temps.

— Tu m'inquiètes, Victoria. Tu m'inquiètes vraiment, répéta-t-il.

Le roi passa le bras autour des épaules de Victoria et ils prirent tous deux en silence le long couloir qui menait à la bibliothèque.

— Victoria ! s'exclama sa mère en se levant. Nous ne t'attendions pas. Le prince est-il avec toi ?

— Non, mère.

— Tu as l'air fatigué, dit la reine avec une inquiétude dans la voix. Viens t'asseoir à côté de moi.

Lorsqu'elles furent installées, la reine observa longuement sa fille.

— Tu es malade ? reprit-elle.

La princesse eut d'emblée les larmes aux yeux et tout son corps se contracta. Mais elle s'efforça de garder son calme.

— Qu'y a-t-il, Princesse ? demanda le roi en prenant un siège.

Un torrent de mots douloureux s'échappèrent alors des lèvres de la princesse qui parla du mauvais sort du prince et de la cruauté de M. Hyde. Cependant, elle ne raconta pas les pires épisodes car elle savait que le roi et la reine aimaient le prince comme leur fils et elle ne voulait pas leur faire plus de peine que nécessaire.

— J'ai du mal à croire que tout cela puisse être vrai ! s'exclama le roi.

— Il n'est pas étonnant que tu aies l'air malade et fatigué, dit la reine qui avait également du mal à en croire ses oreilles.

— Mais c'est vrai, mère, que je suis fatiguée et que j'en suis malade de ce qui m'arrive. Je n'en peux plus. Je n'en peux plus qu'on me reproche tout ce qui ne va pas. Je n'en peux plus de trembler comme une feuille, d'avoir l'estomac noué, d'être oppressée et d'avoir mal à la tête. Je n'en peux plus d'attendre, de pleurer et d'espérer et de cueillir moi-même les roses... je n'en peux plus d'être comme ça.

— Notre prince charmant ! Comment est-ce possible, Victoria ? demanda la reine. Comme se fait-il que nous n'ayons jamais vu le moindre signe d'un tel comportement de sa part ?

— Parce que ça ne se produit qu'avec moi, répondit la princesse en retenant ses larmes.

— Bien. Alors as-tu envisagé que le prince puisse avoir raison lorsqu'il dit que tu as une part de responsabilité dans son mauvais sort ? Comment expliques-tu autrement que cela ne se produise qu'avec toi ? Une telle chose n'arrive pas toute seule. Tu dois sûrement faire quelque chose qui engendre cela.

La voix de Vicky résonna dans la tête de Victoria :

— Je savais que c'est ce qu'il dirait ! Je le savais ! Ça a toujours été comme ça !

— Victoria ?... Victoria ! lança la reine en haussant le ton, voyant que sa fille était absorbée dans ses pensées. Es-tu absolument certaine que la situation soit aussi grave que tu le dis ? Excuse-moi de te le rappeler, ma fille, mais chacun sait que tu as parfois confondu le rêve et la réalité.

— Je ne suis plus sûre de grand-chose, mère, répondit Victoria.

Le roi se leva et se mit à faire les cents pas dans la bibliothèque, les mains croisées derrière le dos.

— Je ne comprends pas. Il est vrai que le prince était moins expansif ces derniers temps mais quant à ce que tu nous racontes !

— Je suis désolée de ce qui t'arrive, Victoria, dit la reine. Peut-être que ce serait une bonne chose si ton père et moi parlions au prince.

— Je ne crois pas qu'il soit en mesure d'entendre quoi que ce soit en ce moment. Mais comme il vous a toujours adorés tous les deux, peut-être que…, fit-elle en se penchant vers sa mère pour chercher réconfort. Je ne sais plus quoi faire. Je ne sais vraiment plus.

Ce soir-là, le roi, la reine et leur fille dînèrent tous les trois sans beaucoup parler et la princesse monta très tôt dans sa chambre. Elle retrouva l'univers blanc et rose et le grand lit à baldaquin de son enfance. Rien n'avait changé depuis qu'elle avait quitté sa chambre pour se marier. C'est que la reine avait donné ordre aux femmes de chambre du palais d'entretenir la chambre de Victoria sans toucher à rien.

La princesse passa la main sur sa coiffeuse et redressa le protocole royal, toujours accroché au mur mais un peu de travers. Elle alla se regarder dans le grand miroir qui se trouvait toujours dans l'angle de la pièce et elle repensa au temps où, enfant, elle s'y trouvait si belle. Elle se rappela aussi comment ce qu'elle voyait d'elle dans le miroir lui disait exactement ce qui n'allait pas. Mais ce soir-là, Victoria ne voulut pas troubler le calme qui l'envahissait enfin et elle resta donc à bonne distance du miroir.

Elle était tellement fatiguée qu'elle dut faire un effort pour se déshabiller. Elle prit sa chemise de nuit bleue dans son sac de voyage et, tandis qu'elle l'enfilait, elle se dit que le bleu correspondait bien au blues qu'elle ressentait. Elle se glissa dans le grand lit et se blottit dans sa montagne d'oreillers et ses édredons roses et duveteux. Comme lorsqu'elle était enfant, elle attrapa le coin d'un édredon et se frotta la joue avec. Cela la réconforta et elle s'endormit, épuisée.

***

Le lendemain matin, la princesse fut réveillée par les oiseaux qui chantaient dans les arbres qui se trouvaient devant sa fenêtre. Les rayons du soleil filtraient à travers les carreaux. Il y avait des mois qu'elle n'avait pas aussi bien dormi. Puis elle revint brutalement et douloureusement à la réalité comme si elle avait reçu en pleine face la lance d'un chevalier. Elle se leva et alla faire sa toilette.

Quand elle revint, un plateau de galettes au beurre, de sirop d'érable et une infusion avait été posé sur sa table de chevet. Elle se recoucha et prit le plateau sur ses genoux. Il y avait bien longtemps qu'elle n'avait pas pris son petit déjeuner au lit.

Victoria se prit alors à penser à tous les matins de son enfance où des galettes au beurre lui avaient été apportées au lit, sur le même plateau et la même table de chevet. Les matins où elle était gaie, elle mangeait allégrement les galettes mais les matins où elle était triste, elle tournait pensivement les morceaux dans l'assiette, qui finissaient par être trempés de sirop et pendre mollement au bout de sa fourchette quand elle se décidait enfin à les manger. Et ce matin-là était assurément un matin de galettes molles.

Victoria reposa le plateau sur la table de chevet, prit sa tisane et alla s'installer sur la chaise devant la fenêtre. En regardant la scène qui s'offrait à ses yeux et qui lui était si familière, le souvenir de tous les rêves qui avaient été les siens, assise à cette même place, lui revinrent un à un en mémoire. Tout semblait à la fois pareil et différent, pensa-t-elle.

C'est à cet instant que son regard se posa sur l'arbre qui se tenait tout seul au sommet de la colline, par delà les jardins du palais. Il avait l'air triste et bien seul, là-haut, comme le jour, il y avait bien longtemps, où elle était allée lui parler, ou en tout cas qu'elle avait cru lui parler. C'était le jour où elle avait rencontré Henry Herbert Hoot Le Hibou, le Docteur ès Cœurs. Une larme solitaire s'échappa de son œil et coula le long de sa joue comme ce jour-là. Oh, Doc, pensa-t-elle, si seulement je pouvais vous parler maintenant.

La porte de sa chambre s'entrouvrit et la reine passa la tête dans l'entrebâillement.

— Comment te sens-tu aujourd'hui, Victoria ? demanda-t-elle en rentrant dans la pièce.

— Un petit peu mieux, je crois, mère. Ça fait du bien d'être ici.

— Je suis contente.

La reine alla rejoindre Victoria près de la fenêtre et lui caressa longuement et tendrement les cheveux.

— Vous vous souvenez quand vous vous asseyiez au bord de mon lit quand j'étais petite et que vous me caressiez les cheveux comme ça jusqu'à ce que je m'endorme ? lui dit la princesse. Et nous parlions des contes de fées et de mon prince qui viendrait un jour. J'étais tellement heureuse. Je me demande si je pourrai connaître à nouveau un tel bonheur.

— Bien sûr, ma chérie, lui répondit la reine en la serrant contre elle pour la rassurer. Maintenant, il faut que tu te prépares à descendre. Ton père et moi avons envoyé un messager pour donner ordre au prince de se rendre au palais. Je pense qu'il va arriver d'une minute à l'autre.

***

C'est un prince triste et abattu qui salua le roi et la reine lorsqu'ils arrivèrent dans la bibliothèque. Il se pencha pour embrasser la reine.

— Bonjour, mère, dit-il d'une voix faible.

Il tourna son regard vers la princesse et lui fit un pauvre sourire. Sans dire un mot, il lui prit la main et la serra doucement comme il avait l'habitude de le faire. Il la conduisit vers le canapé et s'assit à côté d'elle. Leurs yeux se croisèrent l'espace d'un instant et la princesse vit que dans le regard du prince, tout au fond, il y avait encore une toute petite étincelle. Victoria était rivée à son siège, à peine capable de respirer, son cœur affolé sautant à grands bonds dans sa poitrine.

Le roi, qui observait la scène depuis son fauteuil, s'adressa au prince de façon très directe :

— Bien. Nous aimerions avoir des éclaircissements sur cette histoire de M. Hyde et du mauvais sort qui vous aurait été jeté. Nous aimerions aussi savoir pourquoi notre princesse tremble, a l'estomac noué, la poitrine oppressée, pourquoi elle pleure et cueille elle-même ses roses.

Le prince reconnut que c'était la vérité et expliqua tout ce que la princesse et lui avaient fait pour essayer de chasser le mauvais sort.

— La princesse est toujours restée ma meilleure amie, expliqua-t-il d'une voix tremblante d'émotion.

Le prince serra à nouveau la main de la princesse.

— Elle n'a pas cessé de me faire confiance, reprit-il, même lorsque M. Hyde était cruel envers elle. Elle a toujours été à mes côtés et m'a toujours soutenu, même lorsque je lui faisais du mal et ne m'occupais plus d'elle.

— La princesse affirme que vous l'accusez de vous avoir jeté ce mauvais sort, dit le roi.

— Non, c'est M. Hyde qui l'a accusée. J'ai toujours su pour ma part qu'elle n'y était pour rien.

— Vous devez combattre ce sortilège de toutes vos forces, dit la reine, sinon il va détruire ce que vous avez de plus cher au monde.

— Mais le sortilège est beaucoup trop puissant, répondit le prince. Je ne peux pas le combattre. Je n'en ai pas la force. J'ai déjà essayé.

— Vous devez y arriver ! insista la reine.

— Je suis vraiment désolé, dit le prince en regardant alternativement le roi et la reine. Je vous aime tant tous les deux. Je ne voulais pas vous faire du mal et je ne voulais pas non plus faire de mal à la princesse. Depuis la première fois que je l'ai vue, je l'ai toujours aimée. Je ne supporte pas l'idée d'être séparé d'elle. Je ne supporte pas non plus l'idée de continuer à lui faire du mal.

Les yeux du prince étaient remplis de larmes et, lorsqu'il baissa la tête, elles tombèrent une à une sur ses genoux.

Vicky se mit à crier si fort que Victoria avait du mal à croire que les autres ne l'entendent pas :

— Que quelqu'un fasse quelque chose ! Tout de suite ! Victoria, prends-le dans tes bras, passe-lui la main dans les cheveux comme tu le faisais avant et dis-lui que tout va s'arranger. Regarde-le au fond des yeux et dis-lui qu'on l'aime, quoi qu'il arrive, pour toujours. Victoria, dis-lui qu'on l'aimera toujours, s'il te plaît. Victoria ! S'il te plaît ! Dis-lui ! Tout de suite ! Avant qu'il ne soit trop tard !

La princesse était tellement triste, tellement amoureuse, tellement perturbée qu'elle eut l'impression que tout basculait autour d'elle. Le nœud qu'elle avait dans la gorge l'empêchait de parler.

Le roi se leva et arpenta la pièce en se tordant les mains.

— J'arrive à résoudre des problèmes extrêmement difficiles, des problèmes qui mettent en jeu la vie de mon peuple, et pourtant je ne trouve aucune solution pour résoudre le problème de ma fille et de mon gendre.

— Ce que Dieu a uni, personne ne peut le désunir, récita la reine. Je suis vraiment désolée, mes enfants, mais cette fois-ci je ne peux pas vous conseiller sur ce qu'il faut faire.

Le prince se leva et s'apprêta à partir. Il prit congé du roi et de la reine en leur faisant à chacun une accolade plus longue et plus appuyée qu'à l'accoutumée. Tandis que la princesse le raccompagnait à la porte du palais, il lui mit le bras autour des épaules. Puis il se tourna vers elle et lui murmura à l'oreille :

— Je t'aime, Princesse. Je t'ai toujours aimée et je t'aimerai toujours, quoi qu'il arrive.

Sans même attendre que la porte se soit refermée derrière le prince, Victoria monta en courant dans sa chambre, claqua la porte, se jeta sur son lit et pleura à chaudes larmes. Elle essaya ensuite de prendre une décision, fondit à nouveau en larmes et finit par sombrer, épuisée, dans un sommeil agité.

Chapitre Huit
Faire ou ne rien faire, telle est la question

La princesse se réveilla avec le souvenir encore frais d'un hibou coiffé d'un canotier, un stéthoscope autour du cou, qui chantait en s'accompagnant d'un minuscule banjo. Elle en conclut qu'elle avait dû rêver de Henry Herbert Hoot Le Hibou, Docteur ès Cœurs.

Elle se leva et, encore mal réveillée, se dirigea vers la fenêtre. Elle vit au loin sur la colline l'arbre où elle avait rencontré Doc, ou en tout cas cru le rencontrer. L'arbre semblait lui faire signe de venir. Victoria pensa qu'elle avait peu de chances de retrouver le hibou après tant d'années, même s'il existait vraiment. Elle se sentait cependant irrésistiblement attirée vers l'arbre. Elle décida qu'elle avait le temps d'aller jusque là-bas avant la tombée de la nuit, prit un gilet et descendit rapidement l'escalier. En bas, elle rencontra la reine qui s'apprêtait à monter.

— Je vais me promener, mère, lui dit-elle. Pas longtemps, ne vous inquiétez pas.

Elle dépassa les jardins du palais et se dirigea vers la petite colline. Eblouie par le soleil couchant, elle vit l'arbre qui se détachait sur fond de ciel orangé. Il avait grandi mais avait l'air encore plus esseulé que dans son souvenir.

Pleine d'espoir, elle leva les yeux vers les branches. Aucun hibou en vue. Le soleil descendait à l'horizon et le moral de Victoria suivit la même pente.

— Oh Doc ! dit-elle à voix haute. J'aimerais tellement que vous soyez là. Vous seul pourriez m'aider, je le sais.

Déçue, Victoria resta un moment assise sous l'arbre à regarder le ciel qui s'assombrissait. Une première étoile apparut dans le ciel, qui devint de plus en plus brillante au fur et à mesure que les minutes passaient.

— Victoria, fais un vœu à l'étoile, lui suggéra Vicky.

— Tu sais, Vicky, il se fait tard. Ça ne servirait à rien puisque de toute façon Doc n'est pas là.

— Je suis sûre qu'il viendra si tu fais un vœu à l'étoile. Fais-le, s'il te plaît, Victoria.

— D'accord, je vais essayer.

La princesse leva les yeux vers l'étoile et récita :

— Belle étoile, lumière du ciel noir

    La première que je vois ce soir

    Puisse ta céleste gloire

    Exaucer mon vœu de le voir.

Puis Victoria ferma les yeux, serra très fort les paupières et demanda à nouveau de toutes ses forces que Doc lui apparaisse. Elle attendit un moment qui lui parut interminable mais rien ne se passa. Alors, désespérée, Victoria s'effondra et cacha son visage dans ses mains.

C'est à ce moment-là qu'elle entendit la musique d'un banjo et la voix tant attendue qui chantait :

— J'ai entendu que tu faisais un vœu à l'étoile

Alors pour te voir j'ai mis les voiles
Car quand on demande vraiment
On obtient assurément.

— Doc ! s'écria la princesse qui se leva d'un bond et courut vers le hibou. C'est vraiment vous ! J'ai regardé dans l'arbre mais je ne vous ai pas vu.

— Il y a beaucoup de choses que tu ne vois pas, Princesse.

— Si, je vois beaucoup de choses. Je vous vois vous avec votre canotier et votre banjo. Je vois l'arbre et le ciel et l'étoile à laquelle j'ai fait un vœu.

— Mais il y a des choses que les yeux ne voient pas, dit Doc.

— Quel genre de choses ? Vous voulez dire des choses comme quand on fait un vœu et que nos rêves se réalisent.

— Si l'on pouvait réaliser ses rêves en faisant un vœu, comment se fait-il que tous tes vœux, tes souhaits et tes désirs n'aient pas réussi à chasser le mauvais sort du prince ?

— Comment êtes-vous au courant ?

— C'est un petit oiseau qui me l'a dit. En réalité, une nuée entière de tes amis ailés sont venus me consulter quand tu as arrêté de chanter tes chansons. Ils avaient le cœur tellement lourd qu'ils arrivaient à peine à voler.

— Oui, je sais ce que ça fait. Je veux dire d'avoir le cœur lourd, fit la princesse en soupirant. Si seulement je pouvais trouver un moyen de chasser le mauvais sort du prince, je serais à nouveau heureuse et je recommencerais à chanter avec les oiseaux et tout irait bien. Il faut que vous m'aidiez, Doc. J'ai tout essayé, il n'y a rien qui marche.

— Tu as raison, Princesse. Mais il serait plus juste de dire qu'il n'y a que rien qui marche.

— Je ne comprends pas ce que vous voulez dire. Je pensais pourtant que vous sauriez me conseiller, que vous auriez une idée à laquelle je n'avais pas pensé.

— Mais si, je connais quelque chose qui marche et ce quelque chose précisément, c'est rien.

— Comment ça, rien ?

— Oui, rien.

Victoria fronça les sourcils en réfléchissant à ce que Doc venait de dire.

— Ne rien faire ? demanda-t-elle perplexe.

— C'est cela même, Princesse. Ne rien faire est quelque chose que tu n'as pas encore essayé. Il faut que tu arrêtes de tout faire pour te mettre à ne rien faire. Plus d'explications à n'en plus finir, plus de réactions défensives, plus de tentatives pour essayer d'arranger les choses. Finis les soucis, les supplications, les requêtes, les excuses, les menaces. Terminées les nuits passées à ressasser, à être triste, à réfléchir, à essayer de trouver des solutions, à vouloir comprendre. Commences-tu à voir ce que je veux dire ?

— Mais je ne peux tout de même pas rester à ne rien faire !

— Mais ne rien faire est aussi une manière d'agir et d'aider le prince en lui laissant le champ libre.

— Ce n'est pas très gentil de votre part de dire cela, fit la princesse indignée. Comment cela, lui laisser le champ libre ? En quoi est-ce que je le gêne ? J'essaie seulement de l'aider.

— Excuse-moi, Princesse. Je ne voulais pas t'offenser. Mais, dans l'état actuel des choses, le prince est trop occupé à voir ce que toi tu fais de mal pour avoir le temps de voir ce que lui fait de mal. Si toi tu ne fais rien, il aura davantage le loisir de voir ce qu'il fait, lui.

— Mais je ne veux pas laisser tomber le prince. Que deviendrait-il ?

— Et qu'est-il devenu avec tout ce que tu as dis et tout ce que tu as fait ? Et toi, qu'es-tu devenue ?

— Mais il m'a demandé de l'aider.

— Le fait que quelqu'un te demande de l'aide n'est pas une raison suffisante pour aider cette personne car bien souvent l'aide qu'on donne finit par causer du tort à la personne qu'on a voulu aider.

La princesse se prit la tête à deux mains car plus les minutes passaient et plus Vicky s'agitait.

— Mais il faut que nous aidions le prince ! finit-elle par hurler. Si seulement Victoria pouvait trouver ce que nous faisons de mal, nous pourrions changer d'attitude et tout irait bien.

— Eh bien ! N'entends-je pas là notre petite Vicky ? s'exclama Doc. Bonjour, petite.

— Comment connaissez-vous Vicky ? demanda Victoria. Il est impossible que les oiseaux vous en aient parlé.

105

— Les hiboux savent beaucoup de choses. Ce sont des sages.

— Normalement, elle ne me parle qu'à moi mais parfois elle parle à voix haute pour que tout le monde l'entende. Bien sûr, les gens pensent que c'est moi qui parle. Moi aussi parfois. En fait, nous sommes la même personne. Enfin, ce que je veux dire, c'est qu'on se confond toutes les deux et je finis par ne plus savoir qui est qui. C'est difficile à expliquer.

— Ce n'est pas la peine, Princesse, lui répondit Doc. *La Revue médicale royale pour les Docteurs ès Cœur* a publié de nombreux articles qui décrivent très bien ce phénomène.

— Ah bon ? Je croyais qu'il n'y avait que moi qui…

— Nous pourrons en discuter une autre fois. Mais pour l'heure, nous devons revenir au problème qui nous occupe. Il faut que Vicky et toi m'écoutiez très attentivement.

— Moi, sans problème, mais je ne suis pas sûre pour Vicky, dit Victoria. Elle n'est pas très douée pour écouter, surtout quand elle est perturbée.

— Nous verrons. Viens t'asseoir là, ordonna Doc à Victoria d'un battement d'aile. Là où tu t'es trompée jusqu'à présent, dit-il, c'est que tu as cru que c'était peut-être toi qui avais jeté un mauvais sort au prince et que donc, si tu pouvais trouver la potion magique appropriée, tu réussirais à conjurer le sort.

— Oui ! Oui ! C'est ça ! s'exclama Vicky. Il nous faut une potion magique mais Victoria n'arrive pas à la trouver même si elle est très douée pour trouver des tas de solutions à tout.

— C'est parce que la seule personne qui puisse opérer un miracle sur le prince, c'est le prince lui-même, déclara Doc.

— Alors il n'y a aucun espoir, dit Victoria. Il n'y arrivera pas, il a déjà essayé.

— Si, il le peut, affirma Doc. Mais ton bonheur ne dépend pas de si il y arrive ou non.

— Bien sûr que si ! rétorqua Vicky.

— Non, pas nécessairement.

— Qu'est-ce qu'on peut faire alors ? demanda Victoria.

— Comme je te l'ai déjà suggéré, rien. Ne fais rien. En tout cas, rien qui ait quelque chose à voir avec le prince ou son mauvais sort. Cependant, tu peux faire quelque chose pour toi. Et j'ajoute qu'il y a même beaucoup de choses que tu puisses faire pour toi-même.

La princesse regarda Doc d'un air implorant, les yeux pleins de larmes.

— Je n'ai plus le courage de faire quoi que ce soit. Je suis épuisée. Vous êtes médecin. Pouvez-vous m'aider ?

— Bien sûr, répondit le hibou en ouvrant sa sacoche noire dont il sortit un bloc d'ordonnances. Il griffonna rapidement quelque chose, déchira la page et la tendit à la princesse.

Les yeux plissés pour essayer de déchiffrer à travers ses larmes ce qui était écrit, la princesse lut :

Nom : Princesse Victoria
Adresse : Palais Royal

Prescription : La vérité guérit. C'est le meilleur médicament. En ingurgiter un maximum le plus souvent possible.

Aucun risque de surdosage.

Contre-indications : néant.

Signé : Henry Herbert Hoot Le Hibou, Docteur ès Cœurs.

— La vérité guérit ? s'enquit la princesse.

— Assurément. C'est le médicament le plus pur et le plus puissant de tout l'univers. Et c'est le seul qui puisse t'aider.

— Et où puis-je trouver cette vérité ?

— Tu peux déjà commencer par ça, dit Doc en replongeant dans sa sacoche noire. Il en sortit un petit livre qu'il tendit à la princesse. La couverture était ornée d'une magnifique rose rouge et le titre était gravé à la feuille d'or. La princesse lut :

Henry Herbert Hoot Le Hibou, Docteur ès Cœurs
GUIDE DU BONHEUR TOUJOURS
à l'usage des princesses à bout de forces
et qui ne savent plus quoi faire

— Le bonheur toujours ! Ça a toujours été mon plus grand rêve, s'exclama la princesse en serrant le livre contre son cœur.

— Souviens-toi, Princesse. La lecture de ce livre n'est qu'un début. Pour que les choses changent, il faut que toi tu changes.

— Moi ? dit Victoria. Mais c'est le prince qui doit changer !

— Cela dépend uniquement du prince. Efforce-toi de ne pas perdre cela de vue.

— Ça lui serait sûrement plus facile de changer s'il lisait le livre, avança timidement Vicky. Victoria pourrait lui souligner en rouge les passages importants, comme ça...

— Tant que tu continueras à faire comme avant, tu auras toujours les mêmes résultats, dit Doc. Renonçons donc à ce qui ne marche pas.

— Mais nous savons mieux que personne ce qui est bon pour le prince, dit Vicky en lui coupant la parole.

— Tu dois choisir d'être heureuse plutôt que d'avoir raison.

— Choisir d'être heureuse ? s'étonna Victoria.

— Oui, le bonheur est un choix.

— Pour l'instant, je ne sais même plus ce que c'est d'être heureuse, dit Victoria, mais je ferais n'importe quoi pour avoir un peu de paix et de tranquillité.

— Si tu me dis la vérité, Princesse, si tu penses vraiment ce que tu viens de me dire, alors tu es sur le bon chemin pour connaître cette paix et cette tranquillité. Mais il faut commencer par le commencement. Maintenant va, et lis ce livre.

— Mais, Doc...

— Lis d'abord le livre, lui dit Doc avec douceur. Ensuite nous reparlerons ensemble.

— Mais c'est sûr que vous serez là quand je l'aurai fini ?

— Aussi sûr qu'on peut être sûr de quelque chose. J'ai fait serment d'être au service de la vie.

— Je suis tellement heureuse que vous soyez revenu dans la mienne, dit Victoria en serrant tendrement le hibou dans ses bras.

L'espoir au cœur, la princesse s'en retourna vers le palais de ses parents en gardant le livre serré contre sa poitrine, impatiente d'être dans sa chambre pour commencer à le lire.

Tandis qu'elle traversait le grand hall, elle vit le roi qui s'avançait vers elle en agitant une enveloppe.

— Un messager vient d'apporter ceci pour toi, lui dit-il en lui donnant l'enveloppe.

La princesse vit que son nom était écrit de la main du prince. Une grande tristesse la submergea tandis qu'elle ouvrit l'enveloppe pour lire son contenu.

Les roses sont rouges et les violettes sont bleues. Rentre bien vite à la maison et on s'en sortira — pour de bon.

La princesse monta en courant dans sa chambre, rassembla rapidement ses affaires et les rangea en toute hâte dans son sac de voyage, en mettant son livre sur le dessus. Puis elle redescendit aussi vite qu'elle était montée et annonça au roi et à la reine qu'elle rentrait chez elle et qu'ils ne s'inquiètent pas. Elle envisagea un instant de leur dire qu'elle se faisait aider par un spécialiste des affaires de cœur mais elle se ravisa dès qu'elle se rappela la manière dont la reine avait réagi la dernière fois qu'elle avait essayé de lui parler de Doc.

Dès que son carrosse démarra, la princesse ouvrit son sac de voyage et en sortit le Guide du bonheur toujours. Avidement, elle l'ouvrit à la première page.

Le livre commençait ainsi :

Depuis quand t'es-tu regardée dans la glace et as-tu eu envie de danser ? Quelle est la dernière fois que tu as chanté une chanson qui a attiré les oiseaux qui sont venus se joindre à toi ? Quelle est la dernière fois qu'un vase de roses rouges t'a remplie de bonheur ?

Les yeux de la princesse se remplirent de larmes et les mots se brouillèrent. La dernière fois ? se demanda-t-elle.

Elle ne s'en souvenait pas.

Chapitre Neuf
Le Guide du bonheur toujours

La princesse était tellement absorbée par la lecture du Guide du bonheur toujours qu'elle arriva devant son palais sans avoir vu le temps passer. C'est avec beaucoup de difficulté qu'elle s'arracha à sa lecture. Elle descendit du carrosse et se dirigea vers l'entrée du palais, son livre à la main, marquant d'un doigt glissé entre deux pages le passage où elle s'était arrêtée.

Le cocher déposa son sac de voyage dans le hall où un parfum de roses embaumait l'air. Victoria regarda les vases en cristal taillé posés sur des colonnes de marbre blanc de chaque côté de l'entrée. Des dizaines de roses rouges fraîchement cueillies y avaient été disposées.

— Regarde, Victoria ! s'exclama Vicky. Il va mieux.

— Peut-être, Vicky. Mais peut-être aussi qu'il a cueilli des roses parce qu'il a peur qu'on le quitte pour de bon. Tu sais bien qu'il redevient toujours gentil quand il a peur qu'on s'en aille. Mais ça ne dure jamais.

— Si, si ! Il nous aime encore. Les roses le prouvent bien.

— Je n'ai pas envie de parler de cela maintenant, Vicky, dit Victoria qui était pressée de retourner à sa lecture.

Soulagée de constater que le prince n'était pas au palais, la princesse monta dans leur chambre et se laissa tomber sur le grand lit. Un parfum de roses attira son attention et elle vit que le vase de sa coiffeuse avait aussi été garni de roses rouges.

De peur que Vicky ne recommence sa tirade, Victoria se replongea tout de suite dans son livre. Elle lut avec avidité et se reconnut à chaque page, ce que Vicky trouvait si affligeant qu'elle interrompait à chaque instant les pensées de Victoria.

— Tout ça n'est que sornettes, Victoria. Tu ferais mieux de jeter ce livre et d'oublier les balivernes de Doc. Ça va nous créer des tas d'ennuis avec le prince. J'en suis sûre et certaine.

— Quel autre choix avons-nous ? répondit Victoria. Nous avons déjà tout essayé et rien n'a marché. Notre seul espoir maintenant, c'est de suivre les conseils de Doc. C'est un sage, Vicky. Et en plus, c'est un spécialiste.

**

Dans les jours qui suivirent, la princesse emporta le livre de Doc partout où elle allait, lisant une page par-ci, un paragraphe par-là dès qu'elle en avait le loisir. C'était comme si le *Guide du bonheur toujours* avait été écrit spécialement pour elle. Victoria soulignait en rouge les passages importants. Elle avait tellement pris l'habitude de faire cela pour le prince qu'elle dut se rappeler que cette fois, elle le faisait pour elle. Et elle relisait plusieurs fois les passages soulignés, surtout lorsque M. Hyde faisait des siennes.

Les mots peuvent faire autant de mal qu'un coup de poing, lut-elle au chapitre trois, intitulé *Dispute enflammée, silence glacial*. Ceci était parfaitement vrai car, même si c'était invisible, Victoria était intérieurement marquée par les paroles blessantes de M. Hyde.

Le livre de Doc était cependant d'une lecture difficile. La princesse devait parfois relire la même phrase quatre ou cinq fois avant de la comprendre. Il y avait également des passages qui s'effaçaient mystérieusement de sa mémoire. Elle avait beau les lire et les relire, elle n'arrivait pas à les retenir. Cela ne lui était jamais arrivé auparavant, même lorsqu'elle avait passé de longues heures à étudier à l'Université impériale pour préparer ses examens. Mais à cette époque, Vicky ne mettait pas toute son énergie à essayer de la distraire.

Vicky passait de la bouderie à la colère pour essayer d'empêcher Victoria de suivre les conseils de Doc.

— Je ne crois pas une seconde les salades que raconte cet imbécile de livre ! hurla-t-elle un jour. Je m'en fiche pas mal s'il nous dit d'arrêter de jouer avec le prince et de danser toutes les deux. J'adore faire des jeux et j'adore danser, tu le sais bien. Jamais je ne renoncerai à ça !

— Mais tu ne comprends pas, Vicky ! Ce n'est pas de cela dont il parle, c'est…

— Et toutes ces idioties, lança Vicky en lui coupant la parole, sur le fait qu'on ne peut pas guérir le prince, qu'il n'y a que lui qui puisse le faire. Et pourquoi ne pourrait-on pas le guérir, nous ? Et toute cette histoire sur le fait d'en parler au roi et à la reine, de les mêler à ça, de confondre l'amour et la douleur et de tout mélanger. Je ne comprends rien ! Ça m'énerve ! Mais ça m'énerve à un point !

— Vicky, moi, il y a quelque chose qui m'énerve vraiment, c'est ton comportement ! Je m'évertue à essayer de trouver pourquoi et comment on en est là et ce qu'on peut faire et toi tu ne trouves rien de mieux à faire que de me mettre sans arrêt des bâtons dans les roues ! rétorqua Victoria en se replongeant dans sa lecture.

Mais elle eut beaucoup de mal à se concentrer après sa dispute avec Vicky.

Il s'avéra beaucoup plus difficile de ne rien faire à propos de l'attitude du prince que d'essayer de faire quelque chose. La princesse prit l'habitude de garder les mains enfoncées dans les poches de sa jupe pour se rappeler qu'il fallait rester en retrait et de s'imaginer avec un bandeau sur la bouche qui lui rappelait qu'il ne fallait rien dire.

Et elle se répétait souvent les paroles de Doc : *Pour que les choses changent, il faut que toi tu changes.* Elle mit donc toute son énergie à changer. Après quelque temps, elle avait cessé d'essayer sans arrêt d'aider le prince à se débarrasser de son sortilège ou d'avoir des explications sans fin avec lui.

Elle redoubla d'efforts pour ne plus s'inquiéter de savoir de quelle humeur serait le prince en rentrant le soir, pour cesser de prévoir ce qu'elle dirait ou ferait dans telle ou telle situation, pour faire très attention à ne pas penser ou dire quoi que ce soit qui pourrait le mettre en colère. Ne rien faire ou ne rien dire, même si c'était très difficile, était cependant beaucoup plus facile que de ne rien penser ou ne rien ressentir et, malgré ses efforts, elle continua à ressasser toute la journée une foule de pensées qui la perturbaient.

Si sa tête était douloureusement pleine, elle se sentait en revanche douloureusement vide. Il y avait en effet une grande vacuité dans sa vie, en elle, que rien ne semblait pouvoir combler. Plus le temps passait et plus les moments de vide pesaient lourdement sur ses épaules et sur son cœur.

Elle consulta donc son *Guide du bonheur toujours* pour chercher conseil. Elle lut qu'il était fréquent qu'une personne qui changeait d'activité se sente à la fois comblée et vide. Le livre suggérait par ailleurs de remplacer son ancienne activité, qui était de s'occuper uniquement du prince, par des activités personnelles.

La princesse se souvint alors à quel point elle avait eu les mains et l'esprit occupés à l'époque où elle essayait des recettes pour son livre et elle décida donc de se remettre à faire la cuisine. Elle s'activa du matin au soir mais, à part de brefs moments de répit, elle continuait à ressasser les mêmes choses et se sentait plus vide que jamais. Elle pensa que les roses et le contact avec la nature l'aideraient à se sentir mieux et elle se mit donc à jardiner. Cela ne fit que la déprimer encore plus : les roses lui faisaient sans cesse penser au prince.

Puis elle passa des journées entières au lit en prenant le remède contre la tristesse que lui avait prescrit le médecin du palais. Cela n'arrangea pas les choses non plus.

La princesse décida alors qu'il fallait qu'elle essaie quelque chose d'entièrement nouveau. Après mûre réflexion, elle trouva plusieurs idées de choses à faire qui marcheraient peut-être mieux que ce qu'elle avait déjà essayé. Faire des courses était l'idée la plus prometteuse sur sa liste. Elle avait en effet entendu dire que le shopping opérait des merveilles quand il s'agissait de remplir les heures creuses et de vider les têtes trop pleines.

Le lendemain matin, la princesse se tenait devant les portes des Galeries Royales avant même l'ouverture du magasin. Elle se rendit directement au rayon des étoffes où elle se fit couper plusieurs mètres de tissus différents. Elle pensait les apporter au tailleur royal mais elle fut tellement prise par son shopping qu'elle n'en trouva pas le temps.

Quand arriva l'heure de fermeture du magasin, elle avait fait tellement d'achats — des chapeaux avec et sans fleurs, des gants, en satin, en laine et en soie dans différents coloris, des sacs à main avec les chaussures assorties, des boucles d'oreilles assorties aux ceintures, etc. — qu'il fallut trois vendeurs plus son cocher pour charger le tout dans son carrosse.

Elle revint chaque jour et continua à faire des achats depuis l'ouverture jusqu'à la fermeture des magasins si bien que ses commodes, ses coffres et ses penderies étaient pleines à craquer. Il y avait même deux armoires qu'elle n'arrivait plus à fermer. Elle finit par transformer l'une des chambres d'amis en garde-robe : cette pièce ne tarda pas non plus à être remplie de vêtements et d'accessoires.

— Tu pars en voyage, Victoria ? lui demanda un jour la reine qui était passée chez sa fille. Tu pourrais faire concurrence aux Galeries Royales ! Jamais tu n'arriveras à porter tout cela !

Le fait de savoir qu'elle ne pourrait jamais tout porter ne découragea pas la princesse qui continua ses achats frénétiques. Jour après jour elle faisait des courses jusqu'à épuisement, et son vide intérieur grandissait. Un soir, elle se retrouva même enfermée dans le magasin. Cela ne lui fit pas grand chose et c'est alors qu'elle réalisa à quel point sa vie était devenue vaine et vide de sens, à quel point elle était elle-même désemparée et désespérée.

Le lendemain, elle feuilleta désespérément son *Guide du bonheur toujours* dans l'espoir de trouver une issue à cette impasse. Elle tomba sur la phrase suivante : *Pour te débarrasser des pensées et des sentiments douloureux, écris-les*.

La princesse s'installa alors à sa coiffeuse avec sa plus belle plume et un joli cahier mais rien ne vint. Pas un mot. Sa souffrance était si profondément enfouie en elle qu'elle n'arrivait pas à la faire sortir. Elle prit alors sa vieille boîte à musique, tourna la clef et les figurines se mirent à tourner au son de « Un jour mon prince viendra ».

Tandis qu'elle écoutait le tintement de son air préféré, progressivement mais irrésistiblement, sa souffrance remonta à la surface. La princesse prit sa plume. Etouffée par les larmes et les sanglots, elle finit par noircir fiévreusement des pages entières de son cahier tandis que ses larmes formaient de grosses taches d'encre délayée.

Chaque jour, la princesse lisait et relisait les différents chapitres de son *Guide du bonheur toujours* et passait beaucoup de temps à y repenser. Elle s'apercevait souvent qu'en ouvrant le livre au hasard, elle tombait justement sur ce dont elle avait le plus besoin à ce moment précis, un peu comme si la phrase s'était mise en avant pour lui venir en aide.

C'est ainsi qu'un jour elle tomba sur la phrase : Le bonheur est un choix et elle se souvint que Doc lui avait dit la même chose. Mais le bonheur semblait si loin et tellement inaccessible…

Elle poursuivit sa lecture : *Une fois que tu as décidé d'être heureuse, entraîne-toi à l'être même si au début tu dois faire semblant.* Suivait une explication sur la manière dont les pensées suivent les actions et les sentiments suivent les pensées.

La princesse réfléchit longuement à ce qu'elle venait de lire. Puis soudain elle eut une idée. Elle déchira sa liste de choses à faire pour en rédiger une autre. La première idée sur sa liste était de reprendre les responsabilités auxquelles elle avait renoncé pour s'occuper du prince. Elle se porta volontaire pour mettre en scène le spectacle annuel des enfants de l'Orphelinat royal et elle s'inscrivit à un cours d'art floral à l'Université royale. Il fallait généralement qu'elle se force à aller à toutes ces activités mais elle y allait malgré tout en mettant à profit son éducation qui lui avait appris à sourire même quand elle était triste.

— Fais semblant jusqu'à ce que tu y arrives, se répétait-elle.

La princesse ne tarda pas à se remettre à préparer ses plats préférés et elle s'efforçait de prendre plaisir à les manger même si M. Hyde arrivait généralement à table bien déterminé à être désagréable.

Elle se retrouvait de moins en moins souvent dans la situation où elle ne savait plus sur quel pied danser. Au fur et à mesure qu'elle avait d'autres centres d'intérêt, elle passait aussi de moins en moins de temps à s'apitoyer sur son sort.

Une après-midi, tandis qu'elle préparait ses fettucine aux brocolis avec leur sauce au pistou et aux pistaches, elle remarqua un son agréable qu'elle n'avait pas entendu depuis longtemps : sa propre voix qui fredonnait une chanson.

Un peu plus tard, alors qu'elle écrasait les pistaches dans son mortier, elle se surprit à chanter pour de bon. Soudain, un oiseau bleu particulièrement grassouillet entra par l'une des fenêtres de la grande cuisine et, manquant son atterrissage, se posa maladroitement dans la poudre de pistaches.

— Oh non ! Pas toi ! s'exclama Victoria en riant.

Elle prit l'oiseau dans ses mains, et lui nettoya les pattes.

— Sacrées pistaches ! Elles se mettent toujours dans tes pattes, mon joli petit ami.

Puis elle regarda l'oiseau dans les yeux.

— Tu es venu chanter avec moi ? lui demanda-t-elle. Alors, d'accord, chantons.

Victoria reprit sa chanson et ses autres amis ailés ne tardèrent pas à arriver. Leurs joyeux pépiements remplirent la cuisine et la douceur de cette mélodie fit comprendre à Victoria combien tout cela lui avait manqué.

Après cette expérience, la princesse se consacra davantage à faire ce qu'elle aimait. Mais plus elle s'occupait d'elle-même et moins elle laissait le prince se lancer dans ses méchantes diatribes, plus il se mettait en colère.

— Tu ne m'aimes plus ! hurla-t-il un jour depuis la porte du salon tandis que Victoria regroupait les recettes qu'elles avait découpées dans le journal.

Elle pensa à temps qu'il fallait qu'elle reste calme. Inutile de s'engager dans une joute verbale dont elle ressortirait anéantie pendant plusieurs jours.

— Je suis désolée pour toi que tu ressentes cela, lui dit-elle sur un ton très neutre comme il était conseillé dans son *Guide du bonheur toujours*.

— Ah ! Ah ! singea-t-il en s'avançant vers elle pour venir se placer juste sous son nez. C'est tout ce que tu as à dire ? Avant, tu avais toujours beaucoup de choses à dire.

— Je ne veux pas me bagarrer avec toi, se risqua-t-elle à répondre.

— Ah bon ? Mademoiselle Parfaite aurait-elle peur de perdre la bataille ?

Comment avaient-ils pu en arriver là ? Bien qu'elle sût que ce n'était pas une bonne idée de poser ce genre de question, elle ne put s'empêcher de lui demander :

— A quel moment suis-je devenue ton ennemie ?

— Je ne sais pas. Peut-être le jour où tu as décidé de m'aider.

— Mais c'est toi qui m'a demandé de t'aider ! Tu m'as suppliée…

— Ce n'est pas vrai ! Je ne t'ai jamais demandé une telle chose et je n'ai jamais eu envie que tu m'aides.

Une fois de plus, la princesse ne savait plus où elle en était.

— Ce que tu as fait, tu appelles cela m'aider ? reprit le prince. M'aider à quoi, d'abord ? A changer parce que je ne te conviens pas comme je suis ?

— C'est injuste ! s'entendit dire la princesse. Je t'aime. Tu me manques. Je veux te retrouver. Je veux qu'on se retrouve tous les deux. Je ne comprends rien à ce qui se passe. Que faut-il que je fasse pour que tu me comprennes ?

— Tu ne m'aimes pas. Tu ne m'as probablement jamais aimé. Le prince que tu voulais, c'était celui dont tu rêvais, pas celui que tu as.

— Mais si je l'ai eu ce prince. C'était toi. Tu étais exactement ce que je voulais que soit mon prince. Jusqu'à ce que tu sois victime du mauvais sort.

— Tu n'écoutes jamais ce qu'on te dit ! Je te l'ai déjà dit : ce prince-là est mort mais tu refuses de me croire.

— Je n'y peux rien. Je sais qu'il est toujours là, caché quelque part au fond de toi. De temps en temps, je le vois, je le sens.

— Tu as toujours eu du mal à croire la vérité, même quand elle est flagrante et qu'elle te saute à la figure. Regarde-moi, lui dit le prince en lui prenant méchamment le menton. Regarde bien. Le prince que tu vois est celui que tu as. Point. Rien d'autre. C'est ça la vérité. Et ça tu n'en veux pas. Tu ne m'aimes pas. Tu ne peux pas me supporter. Mais j'ai quelque chose à te dire, Mademoiselle-qui-n'est-jamais-contente, Mademoiselle-qui-se-croit-parfaite. Moi non plus je ne peux plus te supporter. Qu'est-ce que tu penses de ça, hein ?

— Arrête ! Arrête ! hurla Vicky.

Victoria ne savait plus où elle en était. Doc. Il fallait qu'elle voie Doc.

La princesse s'aida de l'accoudoir du canapé pour se mettre debout. Elle se dirigea vers la porte comme une funambule mais le prince fut plus rapide qu'elle et lui bloqua le passage.

— Où crois-tu que tu vas comme ça ? tonna-t-il.

— Je ne sais pas. Je… je voulais sortir, c'est tout.

— Je n'ai pas encore fini !

— J'en ai entendu assez comme ça. Je ne peux plus. Je n'en peux plus.

— C'est moi qui déciderai quand tu en auras assez entendu, dit-il en l'attrapant par le bras.

— Lâche-moi, tu me fais mal ! Lâche-moi !

La mâchoire crispée, il la regarda méchamment et serra plus fort. En larmes, Victoria essayait d'échapper à l'étau qui lui serrait le bras.

— S'il te plaît, lâche-moi !

Brusquement, il la lâcha et Victoria s'effondra par terre.

— Tu veux partir ? Alors, pars !

La princesse se releva péniblement en se débattant avec tous les plis emmêlés de sa grande robe. Une fois debout, elle prit les jambes à son cou et se précipita vers la porte du palais tandis que le prince lui criait :

— Toi et tes grands rêves. Tu ne mérites pas de vivre heureuse. Tu m'entends ? Tu ne le mérites pas !

Troisième partie

Chapitre Dix
Le chemin de la vérité

Victoria appela son carrosse et la voix de Vicky hurla dans sa tête.

— Je ne veux pas aller voir Doc ! Je ne veux pas ! Je t'avais bien dit que c'était un charlatan et qu'il allait nous mener à la catastrophe ! Le prince nous déteste ! Il nous hait et c'est de ta faute !

Victoria n'avait pas l'énergie de la contredire. Tandis que le carrosse s'éloignait, Victoria se cacha la tête dans les mains en s'efforçant de ne pas écouter les cris de Vicky. Avec un peu de chance, Doc saurait ce qu'il faut faire.

La princesse fit avancer son carrosse aussi loin que possible sur le chemin puis ordonna au cocher de l'attendre. Elle fit à pied le sentier qui la séparait de l'arbre au sommet de la colline tout en continuant de faire la sourde oreille aux cris incessants de Vicky.

— Doc ? Doc ? Où êtes-vous ? S'il vous plaît ! J'ai besoin de vous ! pleurnicha-t-elle.

Elle avait beau regarder de tous les côtés, aucun signe du hibou. Elle fut alors prise de tremblements. Et si elle ne le trouvait pas, que ferait-elle ?

— Doc, j'ai besoin de vous, maintenant, tout de suite, s'il vous plaît !

— L'impatience, ma chère Princesse, n'est rien d'autre que l'ignorance de ce qui doit se passer dans l'instant, lui répondit Doc qui apparut sans qu'elle l'ait vu arriver.

— Ah ! Doc ! Vous voilà ! Dieu merci ! Je ne sais plus quoi faire. Rien ne marche ou plutôt ça ne marche pas de ne rien faire. Oh ! Doc ! J'ai fait tellement d'efforts pendant si longtemps. A quoi ça sert ? Je renonce.

— Mieux vaut céder que de renoncer.

— Je ne comprends pas.

— On renonce par désespoir mais on cède par acceptation.

— Par acceptation ?

— Oui, par l'acceptation des choses qu'on ne peut pas changer.

Victoria réfléchit un instant.

— Vous voulez dire que je n'ai pas d'autre choix que d'accepter le prince comme il est avec toutes les horreurs qu'il me fait et qu'il me dit et qui me font trembler et pleurer tout le temps ?

— On a toujours le choix, lui répondit Doc. Mais faire changer quelqu'un n'est pas un choix.

— J'ai compris cela maintenant. Mais quels autres choix ai-je ? demanda la princesse.

— Tu peux choisir de ne pas réagir aux choses qu'il te fait et qu'il te dit. De continuer à vivre du mieux que tu peux et d'être le plus heureuse possible tout en sachant que lui continuera très probablement à dire et à faire les mêmes choses.

— Mais c'est ce que j'ai essayé de faire depuis que vous m'avez conseillé de ne rien faire et que vous m'avez donné votre *Guide du bonheur toujours*. Mais je n'y arrive pas toujours, même si je garde les mains au fond de mes poches pour me rappeler de ne rien faire et même si j'imagine que j'ai un bandeau sur la bouche pour penser à ne rien dire. Il y a sans arrêt ce gros nuage noir au-dessus de ma tête, même quand je me consacre à mes activités de princesse, que je fais du théâtre avec les enfants de l'Orphelinat royal, que je suis mes cours d'art floral ou que je prépare l'un de mes plats préférés, soupira la princesse. Alors quels autres choix ai-je ?

— Tu peux choisir d'être là où le prince n'est pas.

— Vous voulez dire qu'il faut que je le quitte ?

— Je ne te suggère rien du tout. Je dis simplement que c'est l'un de tes choix.

Vicky ne put se retenir plus longtemps. Sa voix explosa dans la tête de Victoria.

— Jamais je ne quitterai le prince ! Jamais je ne renoncerai à lui, jamais je ne céderai, appelez ça comme vous voulez ! Vous m'entendez ? Jamais, jamais, jamais !

— Vicky, s'il te plaît ! Je n'en peux plus ! pleura Victoria en levant les bras au ciel. Je voudrais pouvoir m'enfuir, partir très loin.

— On ne peut pas davantage fuir ses problèmes qu'on ne peut fuir son ombre. Ça ne marche jamais de fuir. On ne peut qu'aller vers, dit Doc.

— Quel gâchis ! Je ne comprends plus rien, je suis perdue. Ma vie est en train de s'effondrer et je n'ai pas la force d'arrêter ce désastre.

La princesse se tut et baissa la tête.

— Tu as fait preuve de beaucoup de force dans toutes les épreuves que tu viens de traverser.

— Je ne me sens pas forte du tout. Je me sens épuisée et je continue à trembler et à avoir l'estomac noué et…

— Et il n'y a aucune raison que ça s'arrête tant que tu n'auras pas pris la décision de rester ou de partir et que tu ne seras pas en paix avec la décision que tu auras prise.

Victoria réfléchit à ce qu'elle venait d'entendre.

— A chaque fois que j'ai une décision à prendre, dit-elle, je fais toujours…

— Je sais, dit Doc en sortant une plume et un bloc de papier de sa sacoche.

Victoria fit deux colonnes. En haut de la première, elle écrivit « Raisons pour rester » et en haut de la seconde « Raisons contre rester ». Elle leva d'abord la tête et regarda pensivement au loin puis sa plume se mit à courir sur le papier.

— Marque qu'il travaille très dur à l'ambassade, lui souffla Vicky avec insistance. Et qu'il rentre directement à la maison tous les soirs. Marque aussi qu'il est très beau, qu'il est intelligent, qu'il est drôle et qu'il sait faire des tas de choses. Et puis aussi qu'il s'occupe toujours de nous quand nous sommes malades et qu'il nous dit qu'on est les plus belles de toutes les princesses et qu'il nous cueille toujours des roses magnifiques. Et puis n'oublie pas de marquer que…

— Vicky ! S'il te plaît ! Je n'arrive pas à réfléchir avec tes jacassements.

— Alors arrête d'exagérer ses mauvais côtés. Je suis sûre qu'il y a des tas de princes qui sont bien pires que

132

lui. Il n'est pas si méchant que ça. Moi je peux m'en accommoder si toi tu es d'accord.

— C'est vrai, après tout, qu'il a beaucoup de qualités, dit Victoria en passant à la colonne des raisons pour rester.

Mais la liste des raisons contre ne tarda pas à s'allonger à nouveau et plus elle s'allongeait, plus Vicky paniquait.

— Tu es en train de commettre une grave erreur, Victoria. Qu'est-ce qui te dit que ce sera mieux avec un autre prince ? Et peut-être qu'on cherchera toute notre vie et qu'on ne trouvera pas un autre prince qui nous aime. On sera toute seules pour toujours et ça sera de ta faute ! fit Vicky en pleurnichant.

Quelques minutes plus tard, Victoria, en larmes, leva les yeux de son papier.

— Mais je l'aime encore, Doc, dit-elle. Même si la liste des inconvénients est bien plus longue que la liste des avantages. Et je sais que lui aussi il m'aime. En tout cas, le vrai prince, mon chevalier blagueur, la partie de lui qui est cachée tout au fond.

— L'amour est quelque chose d'agréable, lui répondit Doc. Si ce n'est pas agréable, ce n'est pas de l'amour.

— Mais je sens que c'est de l'amour.

— Si ta souffrance est supérieure à ton bonheur, ce n'est pas de l'amour. C'est quelque chose d'autre, quelque chose qui t'emprisonne en quelque sorte, qui te tient attachée et qui t'empêche de voir que la porte de la liberté est grande ouverte devant toi.

Plus la princesse envisageait l'idée de quitter le prince et plus la force qui la retenait s'amplifiait. Mais elle savait aussi que si elle cédait à cette force qui la retenait par la manche — quelle que soit la nature de son sentiment, amour ou non — elle retournerait dans une prison, une prison de douleur qui lui était devenue insupportable. En proie à ce terrible dilemme, Victoria se mordillait les lèvres et essayait de lutter contre la sensation qu'elle allait succomber à tout cela et mourir sur le champ.

Elle finit par se tourner vers Doc qui attendait patiemment sa décision. La voix tremblante, elle lui dit :

— Je sais que je dois partir, mais où irai-je ?

— Tu continueras ta route sur le chemin de la vérité.

— Mais alors, ça voudrait dire que je suis déjà sur ce chemin ?

— Oui, depuis que je t'ai donné une prescription et que tu l'as suivie en commençant à lire le livre.

— Et pourquoi n'ai-je pas vu le chemin ?

— Il était pourtant là mais il arrive souvent qu'on ne remarque pas le chemin avant d'en avoir parcouru une certaine distance. On ne voit pas ce qu'on n'est pas prêt à voir.

— J'ai déjà appris des choses sur la vérité, dit la princesse d'une voix calme. Par exemple qu'on a tort de croire aux contes de fées et que le bonheur avec son prince charmant n'est rien d'autre qu'un rêve puéril.

— Bien au contraire, Princesse. Les contes de fées peuvent se réaliser, dit Doc. Mais ils sont bien souvent différents de l'idée qu'on s'en fait. La fin heureuse de ton histoire t'attend sur le chemin.

Le visage de la princesse s'éclaira.

— Vraiment ? dit-elle. Un autre conte de fées ?

En effet, la princesse n'avait jamais envisagé de pouvoir vivre heureuse sans être secourue par un prince charmant beau et courageux qui arriverait au galop sur son cheval blanc, l'enlèverait puis disparaîtrait avec elle dans la lumière du soleil couchant. Elle soupira.

— Mais j'ai déjà cru que le bonheur m'attendait et regardez où cela m'a conduite !

— Cela t'a conduite là où tu te trouves en ce moment.

— Et qu'est-ce que cela a de si bien, là où je me trouve en ce moment ? demanda Victoria.

— Tu trouveras la réponse en chemin.

Elle hésita.

— Je ne veux pas partir toute seule. Pouvez-vous me montrer le chemin ?

— Je le ferais si je le pouvais, Princesse, répondit Doc avec douceur. Mais c'est à chacun de trouver son chemin.

— J'ai peur de me perdre, dit Victoria.

— Tu ne serais pas la première à qui cela arriverait. Mais n'aie pas peur, ton cœur connaît le chemin.

— Mon cœur veut rentrer à la maison. Mais je ne suis pas sûre que ça ait du sens de rentrer.

— La vérité donne du sens à tout.

— Vous êtes tellement sage, Doc. Je suis sûre que vous savez déjà tout de la vérité. Pourquoi ne m'expliquez-vous pas ce que vous savez afin que je n'aie pas à chercher moi-même ?

— On ne peut jamais apprendre la vérité de la bouche de quelqu'un d'autre. Il faut la découvrir par soi-même.

— D'accord, dit-elle tristement. Je suppose qu'il faut que je rentre chez moi et que je prépare mes affaires.

— Tu as déjà tout ce qu'il te faut mais tu n'en as simplement pas conscience. Mais fais comme il te plaira. Je t'attends ici pour te donner quelques conseils de dernière minute.

— Je ne veux pas m'en aller ! hurla Vicky. On n'est pas obligées de quitter le prince. J'arriverai à le convaincre que nous l'aimons et que nous avons besoin de lui et il nous prendra dans ses bras et nous dira qu'il s'excuse, que tout ça n'était qu'un énorme malentendu. Ses yeux pétilleront comme avant et on saura que c'est pour nous. Il ira nous cueillir des roses rouges magnifiques dans notre roseraie et nous en mettrons dans des vases partout dans le palais. Et tout ira bien à nouveau. Je te promets que ça marchera cette fois-ci, Victoria. Je te le promets. Croix de bois, croix de fer, si je mens…

— Mais ma pauvre petite Vicky, c'est fini maintenant, tu sais, répondit Victoria d'une voix éteinte.

— Non, non, ce n'est pas fini, ce n'est pas possible. Ça ne sera jamais fini, jamais. Jamais, tu m'entends ? hurla Vicky d'une voix hystérique. Je mourrais sans lui.

— Non, Vicky, c'est l'inverse, tu mourrais si tu restais avec lui, et moi aussi.

Ferme dans sa décision, Victoria retourna d'un pas rapide jusqu'à son carrosse et donna ordre au cocher de rentrer au palais. De retour chez elle, elle monta le grand escalier en courant, entra dans sa chambre et prit son sac de voyage. Elle y mit quelques effets personnels, son livre *Recettes de princesse* et, puisque désormais elle y avait régulièrement recours, elle prit également son *Guide du bonheur toujours*. Elle enveloppa soigneusement ses pantoufles de vair gravées à ses initiales dans une écharpe en laine qu'elle ferma avec un ruban et rangea dans son sac avec mille précautions. Elle envisagea dans un premier temps de ne pas prendre sa boîte à musique car son sac commençait à devenir lourd et que la musique de sa petite boîte la rendait triste depuis quelque temps mais elle ne put se résoudre à ne pas la prendre.

Puis elle se dit que la carte de la famille royale lui rendrait peut-être service en chemin. Elle fouilla donc dans son coffre orné de roses sculptées aux quatre angles et en ressortit le vieux parchemin roulé qu'elle rangea dans son sac. Ce n'est qu'à la dernière minute qu'elle pensa à prendre l'ordonnance de Doc et se dit en même temps qu'il ne fallait pas qu'elle oublie de prendre quelques vivres dans la cuisine en partant. Et pendant qu'elle se préparait ainsi, les hurlements de Vicky lui donnaient mal à la tête.

La princesse se pencha sur le grand lit et passa la main sur le couvre-lit en satin qui avait tant de fois été trempé par ses larmes. Cependant, ce ne furent pas les mauvais souvenirs qui lui revinrent en mémoire mais les bons : elle pensa au prince quand il la prenait dans ses bras et lui murmurait des mots d'amour. Elle inspira profondément pour s'imprégner de l'odeur de l'eau de Cologne du prince qui flottait encore dans les airs. Elle se sentait tellement pleine de larmes qu'elle craignait d'être noyée si elle les laissait couler toutes en même temps.

Le doute s'empara d'elle comme un éclair mais ne dura pas plus longtemps.

— Il faut que je parte, il le faut, se répéta Victoria pour bien s'en convaincre.

Mais elle eut l'impression que sa voix n'était pas la sienne. Elle était comme dans un rêve, ou plus exactement un cauchemar, et s'attendait à ce que quelqu'un la réveille d'une minute à l'autre.

Elle alla à sa coiffeuse, ouvrit le tiroir du milieu et regarda les cartes de remerciement qui restaient de son mariage. Elle en prit une et écrivit : *Les roses sont rouges et les violettes sont bleues, c'est affreusement triste mais il faut que je te quitte.*

Elle posa le carton contre le vase de roses qui fleurissait sa coiffeuse, se dirigea vers la porte puis se retourna pour regarder une dernière fois cette chambre qu'elle avait pendant tant d'années partagée avec son prince. Ses yeux s'arrêtèrent sur le mot et le vase de roses. Elle était tellement troublée qu'elle n'avait pas remarqué que les roses étaient fanées et que les pétales gisaient en petits tas au pied du vase.

Elle posa son sac et se dirigea vers la coiffeuse, la gorge serrée, les mains tremblantes.

— Non ! cria Vicky. Ne fais pas ça !

— Il y plus d'une semaine que nous les avons cueillies, Vicky, répondit Victoria. Elle sont fanées.

— Non, ne les jette pas, elles vont peut-être repartir.

Elles vont peut-être repartir ? Etait-ce possible ? se demanda Victoria. Puis elle soupira et finit par répondre avec douceur :

— Non, Vicky, elles ne repartiront jamais. Et nous, nous partons pour ne jamais revenir.

***

A plusieurs reprises pendant le trajet en carrosse qui la ramenait à l'arbre où Doc l'attendait, la princesse demanda au cocher de faire demi-tour et de rentrer au palais. Puis elle se ravisait quelques instants plus tard et lui demandait de faire à nouveau demi-tour et de reprendre sa route.

Il n'était pas étonnant que Victoria faiblisse dans sa décision car Vicky n'arrêtait pas de pousser des cris et de lui faire peur en disant qu'elles allaient être complètement perdues sans le prince, qu'elles ne trouveraient personne d'autre pour les aimer, qu'elles erreraient ainsi pendant des années, tristes et esseulées avant de mourir seules dans un coin.

La princesse descendit du carrosse, prit son sac de voyage et congédia le cocher. Toute tremblante, elle le regarda s'éloigner puis se dirigea lentement vers la petite colline, consciente que chaque pas l'éloignait du prince qu'elle aimait et de la vie qu'elle avait connue.

Alors qu'elle s'approchait de l'arbre, la princesse vit Doc, perché sur une branche basse, son canotier sur la tête, en train de jouer du banjo et de chanter :

Je n'ai pas de cheval ni de palais
Mais je m'en vais heureux par les saulaies
Et les grands arbres. Le ciel bleu est mon toit
Et ma foi c'est un bon départ pour toi.

— Vous parlez d'un départ ! Moi j'ai l'impression que tout est fini pour moi, lui lança la princesse en levant tristement les yeux vers lui. J'ai du mal à croire que je puisse encore attendre quelque chose de la vie.

— Bien sûr que si, Princesse, lui répondit Doc. Même s'il est normal que tu aies du mal à le croire tout de suite. Tu peux attendre beaucoup de la vie car plus grande est la peine, plus magnifique est l'occasion qui se présente.

— L'occasion ? L'occasion de quoi ?

— Dans le cas présent, d'une nouvelle vie extraordinaire dont c'est aujourd'hui pour toi le premier jour.

— Ça n'y ressemble pas, dit la princesse. Je ne voulais pas partir. J'aurais vraiment aimé ne pas être obligée de partir. Mais je sais qu'il le faut.

— Faire ce qui est le mieux pour soi bien que ce ne soit pas ce qu'on souhaite est un signe de maturité, fit Doc en sautant à terre avec légèreté. Mais bien sûr, cela ne rend pas les choses plus faciles.

— Je crois qu'il vaut mieux que je parte avant de revenir sur ma décision. Mais je ne sais pas où aller. Comment prendre un chemin qu'on ne voit même pas ?

— Regarde encore une fois, Princesse, lui suggéra Doc.

La princesse eut le souffle coupé par la surprise.

— D'où vient-il ? demanda-t-elle à Doc en montrant le chemin qui venait d'apparaître devant elle.

Il s'agissait d'un sentier rocailleux, sinueux, très escarpé et qui disparaissait à l'horizon.

— Comment se fait-il que je ne l'aie jamais vu auparavant ? reprit-elle.

— Avais-tu vraiment envie de le voir auparavant ?

— Je suppose que non, répondit la princesse qui regardait le chemin. Mais je n'en vois pas le bout.

— C'est qu'il n'y en a pas.

— Il ne finit pas ? Mais alors, comment vais-je savoir que j'avance dans la bonne direction si le chemin est sans fin ?

— La route est balisée par des poteaux indicateurs. Malheureusement, les gens ne les lisent pas toujours et, de plus, ils sont parfois difficiles à voir. Il faut rester vigilant pour les repérer.

— Ça m'a l'air bien difficile, dit la princesse. Je pourrais me faire du mal ou je pourrais me perdre.

— Tu t'es déjà fait du mal et tu t'es déjà perdue mais tu as survécu. Tu survivras à cela aussi.

— Je ne crois pas que je sois assez forte pour surmonter tout cela. Et puis je vais perdre les quelques forces qui me restent et je ne pourrai pas continuer, dit-elle, de plus en plus effrayée à mesure que le temps passait.

— Mais c'est le contraire, dit Doc. Plus tu affrontes de choses et plus tu gagnes en force. Souviens-toi de ce que

141

je t'ai dit : plus grande est la peine, plus magnifique est l'occasion qui se présente.

— Je n'en suis pas si sûre. Je n'avais pas la moindre idée de ce que cela représentait quand j'ai dit que j'allais partir.

— Personne n'a jamais dit qu'il était facile d'atteindre la vérité. Il faudra que tu sois à la fois navigateur, explorateur, pionnier et bien d'autres choses encore car le chemin traverse des zones difficiles et il est connu pour les obstacles qui le jalonnent. Il y a des fondrières qui attendent le voyageur inconscient du danger, des éboulis qui glissent sous le pied, des pierres mal assurées, d'énormes rochers qui bloquent le passage. Car il y a beaucoup d'obstacles grands et petits qui barrent le chemin de la vérité.

— C'est l'endroit rêvé pour être secourue, dit la princesse. Mais je ne pense pas que mon prince vienne à ma rescousse...

Doc eut un sourire.

— Tu vois, tu as déjà appris quelque chose. Maintenant il faut que je te donne quelques conseils de dernière minute. Tu es prête ?

— Je pense.

— Tu dois suivre ce chemin quoi qu'il arrive et chercher la vérité qui t'y attend. Que rien ne te détourne de la quête de la vérité car c'est la vérité qui te guérira.

— Comment reconnaîtrai-je la vérité quand je la rencontrerai ?

— Plus on avance sur ce chemin et plus la vérité devient claire. Suis-le fidèlement et tu finiras par arriver au Temple de la Vérité où se trouve le Texte Sacré.

— Le Temple de la Vérité ? Je n'en ai jamais entendu parler. A quoi ressemble-t-il ? Et le Texte Sacré, qu'est-ce que c'est ?

— Le Temple est l'un des endroits les plus magnifiques de l'univers, qui recèle bien plus de merveilles que tu ne peux l'imaginer. Une fois que tu auras passé ses portes, tu ne seras plus jamais la même. Quant au Texte Sacré, il éveillera ton esprit et libérera ton cœur. Tu découvriras alors la paix de l'esprit, la sérénité du cœur et tu apprendras le secret de l'amour vrai, l'amour dont tu as rêvé toute ta vie. Tu seras sur le point de réaliser ton rêve de conte de fées.

— Oh Doc ! C'est ce que je souhaite le plus au monde !

Le hibou écarta ses ailes et les déploya bien haut.

— Alors tu seras exaucée. Va, chère Princesse, et sème les graines de vérité qui engendreront la paix, l'amour et le bonheur.

— J'espère que je saurai m'y prendre, dit-elle. Jusqu'à présent je n'ai planté que des rosiers.

La princesse prit son sac de voyage puis, attentive aux fondrières, aux éboulis, aux pierres mal assurées et autres pièges qui l'attendaient, elle s'avança craintivement, tremblante et apeurée, sur le chemin de la vérité.

Elle secoua la tête et marmonna avec incrédulité :

— Je n'arrive pas à croire à ce que je suis en train de faire.

Chapitre Onze
La mer des émotions

La princesse avançait prudemment sur le chemin sinueux et son sac lui paraissait de plus en plus lourd. Elle ne pensait qu'à une chose, essayer de comprendre ce qui n'avait pas été avec le prince, à quel moment les choses avaient commencé à se dégrader, comment ils avaient pu en arriver là, quelle était la cause de tout cela, de qui était-ce la faute, ce qu'elle aurait pu dire ou faire pour que les choses se passent différemment. Elle repensa à chaque souvenir et essaya de trouver des réponses : sa tête était prête à éclater mais elle ne pouvait cependant pas s'empêcher de ressasser ses questions.

Elle finit par s'affaler contre une vieille souche d'arbre entourée d'arbustes à demi morts de soif. Elle pensa qu'elle serait bientôt dans le même état car sa faible réserve d'eau commençait à s'épuiser.

— Peut-être qu'on va mourir de soif avant même d'avoir le temps de nous tordre la cheville dans un trou, de glisser sur les cailloux ou de nous écraser contre un gros rocher, dit Vicky qui n'avait cessé son bavardage inintelligible.

— Oh, Vicky ! Pour l'amour du ciel ! Je n'ai vraiment pas besoin que tu t'y mettes aussi.

— Eh bien moi, je n'ai vraiment pas besoin qu'on se retrouve toute seules sur cet horrible chemin plein de poussière avec ces arbustes à moitié morts et sans savoir où on va.

Victoria fouilla dans son sac et en sortit la carte de la famille royale. Elle défit le fil d'argent, déroula le vieux parchemin et regarda attentivement la carte en croquant l'un des biscuits qu'elle avait emportés.

— Peut-être que cette carte va nous aider à trouver notre chemin, dit-elle.

— Le seul chemin qui m'intéresse, c'est celui pour rentrer à la maison, dit Vicky sur le ton de la protestation. Et on ferait mieux de se dépêcher de rentrer avant que le prince ne trouve une autre princesse.

— Je ne peux rien faire à cela, dit Victoria qui avait le cœur battant à cette idée.

— Mais il le faut, sinon il va lui cueillir des belles roses rouges et les mettre dans des vases en cristal partout dans le palais et il va la prendre dans ses bras musclés et…

— Oui mais il ne se comporterait pas comme ça avec nous même si on rentrait à la maison. Tu le sais bien.

— Pourquoi est-ce que tout ne peut pas être comme avant ? se lamenta Vicky.

— Ce n'est pas possible, un point c'est tout.

— Mais elle va caresser les cheveux noirs du prince, notre prince à nous, et son visage s'éclairera quand il la verra et ses yeux vont pétiller comme ils le faisaient pour nous mais ce sera pour elle, fit Vicky geignarde. Je ne peux pas supporter cette idée, je ne peux pas, je ne peux pas ! S'il te plaît, je t'en supplie, il faut qu'on rentre à la maison.

Victoria se mit les mains sur les oreilles pour ne plus entendre ce que disait Vicky mais cela ne servit à rien. Elle entendait parfaitement tout ce qu'elle disait, chaque mot et chaque syllabe. Et les paroles de Vicky lui évoquaient des images difficiles : celles d'une autre princesse dans les bras de son prince. Son prince à elle, beau, charmant, merveilleux.

— Je ne sais plus quoi faire, Vicky. Je n'arrive même pas à comprendre ce qui n'a pas été ni qui est fautif dans cette histoire. Mais ce que je sais, c'est qu'il ne faut pas qu'on rentre à la maison. Tu le sais bien toi aussi, hein ?

— Mais je ne peux pas vivre sans lui ! hurla Vicky. C'est comme si quelqu'un nous avait coupé les bras et les jambes.

— C'est horrible ce que tu dis, rétorqua Victoria avant d'ajouter plus bas : c'est horrible mais c'est vrai. Doc ne nous a jamais dit que ça serait comme ça.

A ce moment-là, une masse de gros nuages noirs et menaçants cachèrent le soleil et l'univers de Victoria s'assombrit. Un vent froid se leva et elle frissonna : elle ne s'était pas préparée à essuyer une tempête.

— On ferait mieux de chercher un abri, dit Victoria en rangeant rapidement la carte dans son sac. Il commence à pleuvoir.

Vicky fondit en larmes.

— Regarde, dit-elle. La terre entière est aussi triste que nous.

Les paroles de Vicky firent pleurer Victoria à son tour. Plus il pleuvait et plus elles pleuraient. Et plus elles pleuraient et plus il pleuvait. On eût dit effectivement que la terre entière pleurait avec elles.

Il y eut tant de pluie et tant de larmes que des flaques commencèrent à se former. D'abord petites, les flaques ne tardèrent pas à grossir car les larmes et la pluie continuaient à inonder le sol. Puis, insensiblement, tandis que les flaques se rejoignaient, un ruisseau apparut qui se transforma progressivement en un torrent furieux emportant sur son passage tout ce qui n'était pas fermement ancré au sol.

La princesse était dans un tel état de panique qu'elle ne remarqua pas ce qui se passait jusqu'à ce qu'elle soit à son tour emportée par le torrent. Secouée et malmenée par les eaux, elle dévala la pente au milieu des cris de Vicky.

— J'ai peur de l'eau ! hurlait cette dernière.

— Je sais ! lui répondit Victoria en criant pour se faire entendre. C'est pour ça qu'on n'a pas appris à nager.

— Tu aurais dû m'y obliger !

— Il est trop tard maintenant ! cria Victoria qui essayait désespérément de se raccrocher aux branches des arbres que le torrent n'avait pas arrachés. Cependant, malgré tous ses efforts, la princesse fut emportée par les eaux tumultueuses.

— Attention, Victoria ! cria Vicky.

Mais il était déjà trop tard. Elles étaient irrésistiblement emportées vers une mer immense qu'elles voyaient se rapprocher dangereusement.

— Horreur ! On va perdre pied !

C'est ainsi que la princesse, terrorisée et à bout de

souffle, fut précipitée dans une mer déchaînée, la mer des émotions. Elle se débattait sauvagement pour ne pas être assommée ni blessée par les débris emportés avec elle et s'efforçait désespérément de ne pas couler dans cette eau glacée. Un courant puissant semblait la tirer vers le bas tandis que la pluie continuait à lui cingler la figure.

— On va se noyer, c'est sûr ! hurlait Vicky entre deux bouillons d'eau salée. Si seulement le prince était là pour nous sauver !

La princesse continuait à se débattre et à appeler au secours. Juste avant de disparaître sous une grosse vague, elle eut le temps d'apercevoir quelque chose au loin.

Quand elle fit à nouveau surface, elle s'aperçut que c'était un bateau qui roulait et tanguait et se dirigeait vers elle.

— A l'aide ! Au secours ! cria-t-elle aussi fort qu'elle le put.

Elle espérait que les gens à bord auraient quelque expérience dans le sauvetage en mer. C'était peut-être un prince charmant, beau et courageux qui avait été pris dans la tempête au cours d'une croisière ou bien encore un navire de la Marine royale.

Elle continua d'appeler mais personne ne lui répondait. Tandis que l'embarcation se rapprochait d'elle, elle comprit pourquoi : il n'y avait personne à bord. Et ce n'était pas un gros navire comme elle l'avait d'abord cru : c'était un petit bateau à rames.

Quand le bateau arriva à sa hauteur, elle s'agrippa à ses flancs et essaya de toutes ses forces de se hisser à bord. Mais elle n'avait plus de forces. Si seulement elle pouvait se reposer un peu, pensa-t-elle, peut-être arriverait-elle à rassembler ses forces. Alors elle tint bon, d'une main puis de l'autre. Finalement, aidée par une vague, elle prit son élan, se hissa le long de la coque et retomba sur le pont. Epuisée, elle resta allongée là où elle était tombée, sur une paire de vieilles rames en bois au fond de la barque secouée par les eaux.

— Oh là là ! j'ai vraiment cru qu'on allait se noyer ! dit Vicky. Qu'est-ce qu'on va faire maintenant ?

— Dès que j'aurai retrouvé des forces, on prendra les rames pour retourner à terre. Il faut simplement que je sache dans quelle direction aller.

La princesse fit un grand effort pour se redresser et regarda vers le nord. Ou bien était-ce le sud ? se demanda-t-elle. Bon, enfin, cela n'avait pas beaucoup d'importance que ce soit le nord ou le sud tant qu'elle pouvait voir la terre. Mais elle eut beau regarder dans toutes les directions, aucune terre en vue : rien que l'immensité sombre et agitée de la mer.

— J'ai peur ici, dit Vicky d'une voix tremblante.

— Ne crains rien. Tout ira bien dès que j'aurai trouvé dans quelle direction il faut ramer.

— C'est déjà parce que tu as essayé de trouver des directions qu'on a commencé à avoir des ennuis et qu'on en est là. Je veux rentrer à la maison.

— Si tu ne me laisses pas réfléchir en paix, on risque de mourir ici.

— Je t'avais dit qu'on mourrait si on quittait le

prince, dit Vicky d'un ton accusateur. Mais tu ne m'as pas crue. Tu aurais dû me croire, Victoria.

— Vicky, s'il te plaît, ce n'est pas le moment !

— Ce n'est pas juste ! De tous les princes du royaume, pourquoi fallait-il que ce soit le nôtre qui ait un mauvais sort ?

— Vicky, s'il te plaît, je ne peux réfléchir qu'à une seule chose à la fois.

— Il a promis de nous aimer pour toujours. J'aurais dû lui faire dire « croix de bois, croix de fer, si je mens, je vais en enfer » parce qu'il n'a pas tenu sa parole. Il est méchant. Plus que méchant. C'est tout de sa faute si on a été obligées de partir. Je le déteste. Il a tout gâché. Il a fichu notre vie en l'air. Je n'en peux plus ! Je n'en peux plus ! hurla Vicky qui se jeta au fond du bateau et tapa des pieds et des poings jusqu'à avoir des bleus partout. Ce n'est pas juste ! Ce n'est pas juste ! Et maintenant on va mourir !

Le ciel s'assombrit encore. Un instant plus tard, on eût dit qu'il s'ouvrait comme une vanne énorme déversant des trombes d'eau sur la mer. Le frêle esquif était secoué comme une noix de coco à la surface des eaux tandis que la mer se déchaînait. Victoria avait beau se cramponner, elle était précipitée d'un côté à l'autre de la barque et, par deux fois, elle faillit passer par-dessus bord. C'est que ni elle ni son embarcation n'étaient de taille à se mesurer aux éléments déchaînés.

— Je veux rentrer à la maison, criait Vicky dont la voix se perdait dans les hurlements de la tempête. A l'aide ! Au secours ! Venez vite Doc ! Sortez-nous de la tempête ! Stop ! Je veux rentrer à la maison et que le prince soit gentil comme avant. Je me tiendrai bien. Je ferai tout, n'importe quoi, tout ce que vous voulez ! Promis, juré ! Si je le pouvais, je ferais croix de bois, croix de fer, si je meurs… mais je ne peux pas parce que je n'ai pas les mains libres, il faut que je rame. Et puis ce n'est pas le moment de dire « si je meurs »…

L'eau commençait à monter au fond de la barque. A deux mains, la princesse écopait frénétiquement mais elle ne pouvait pas lâcher les rames longtemps et l'eau montait doucement.

— Tu parles d'un bateau de sauvetage ! dit Victoria.

— C'est de ma faute ! Tout est de ma faute ! hurlait Vicky. Je le sais. J'ai probablement fait un trou dans la coque avec mes pieds ou mes poings quand j'ai cogné dessus tout à l'heure.

— Je ne pense pas, Vicky. Cette barque est trop vieille et trop petite pour toute cette pluie et ces grosses vagues. Il faut qu'on sorte de là, vite ! dit-elle en ramant plus fort.

— Mais on ne sait pas où aller.

— Où qu'on aille, ça ne peut pas être pire qu'ici, répondit Victoria qui ramait de toutes ses forces.

Mais le courant l'empêchait d'avancer.

— Dépêche-toi, il faut qu'on sorte de ce bateau avant qu'il ne coule !

— Je fais de mon mieux ! cria Victoria.

A la nuit tombante, la princesse ramait toujours avec application, détermination et de toutes ses forces. Elle ne sentait plus ses bras, l'eau était maintenant arrivée à mi-hauteur de la coque et Vicky paniquait de plus en plus.

— Qu'est-ce qui va se passer si on n'avance pas dans la bonne direction et si on ne trouve jamais la terre ou si on tourne en rond sans le savoir ?

Victoria continuait à ramer en silence. Au matin, à bout de forces, elle lâcha les rames.

— Je crois bien qu'on va couler avec le bateau, dit-elle.

— Ça ne fait rien, dit Vicky. De toute façon, on n'a plus rien à attendre de la vie. On n'a même plus notre sac de voyage.

La barque s'enfonçait doucement dans la mer et Victoria essayait toujours de trouver une solution. Si seulement elle avait un signal de détresse pour attirer l'attention des autres bateaux.

— On dirait que tu es dans les ennuis jusqu'au cou, entendit-elle une voix lui dire.

— Oui, et au train où vont les choses, j'en aurai bientôt par-dessus la tête, répondit Victoria sans hésitation.

— Ah, ah ! très drôle, dit la voix. Mais aussi très vrai. A moins que tu ne trouves rapidement une solution pour avoir la vie sauve.

— C'est exactement ce que j'essaie de faire. Mais qui êtes-vous ? demanda Victoria qui réalisa soudain ce qui se passait. Où êtes-vous ? A l'aide ! Aidez-moi ! S'il vous plaît !

Une tête grise et luisante apparut à la surface de l'eau.

— Bonjour, bonjour, dit l'animal avec un battement de ses longs cils qui lui rappela le prince. Je m'appelle Dolly, Dolly le Dauphin et je te demanderais volontiers comment ça va mais je vois bien qu'en ce moment ça ne va pas. Au moins, tes deux rames sont à l'eau : tu te débrouilles mieux que les autres gens que j'ai pu voir dans la même situation.

— Un dauphin ! Un dauphin qui parle ! Je savais que les dauphins se parlaient entre eux mais je n'avais pas la moindre idée… Et vous êtes venu à ma rescousse. Juste au bon moment. C'est drôle, j'ai toujours cru que ce serait un prince qui viendrait me secourir.

— Personne ne peut te secourir, très chère. Ni moi, ni un prince, ni personne. C'est un fait qui échappe souvent, même à quelqu'un comme toi qui est douée pour comprendre les choses.

— Vous voulez dire que vous allez me laisser me noyer ? demanda Victoria avec un étonnement effrayé.

— Non, je veux dire que tu vas te noyer toute seule, cette fois-ci ou la prochaine fois, à moins que tu n'apprennes à nager.

— La prochaine fois ? Comment la prochaine fois ?

— Même si je t'emporte maintenant sur mon dos et que je te dépose en toute sécurité sur la terre ferme, ce ne sera qu'une question de temps car la prochaine fois que tu seras prise dans une tempête, tu auras à nouveau des problèmes. C'est qu'il y a beaucoup de tempêtes à essuyer sur le chemin.

154

— Mais pour l'instant j'en suis encore à essayer de trouver un moyen de me sortir ce cette tempête-ci, lui répondit Victoria.

— Comme je te l'ai dit, pour ne pas se noyer, il faut apprendre à nager.

— Mais Vicky a toujours refusé.

— Alors, tu vas passer ta vie à essayer de ne pas te noyer, comme tu le fais maintenant, et à espérer que le parfait bateau de sauvetage vienne te secourir une bonne fois pour toutes.

— Oui, oui ! C'est exactement ce qu'il nous faut ! lança Vicky. Vous croyez que vous pouvez nous en trouver un tout de suite ?

— Même si je le pouvais, il ne vous serait probablement pas d'un grand secours. Il est fréquent que les bateaux de sauvetage coulent, dit Dolly.

— Comment ça ! répondit Vicky indignée. Les bateaux de sauvetage ne sont pas sensés couler mais sauver les gens.

— Il y a beaucoup de choses qui ne marchent pas comme on le croit. Ainsi, il est fréquent que les bateaux de sauvetage noient les gens qu'ils sont sensés secourir.

— Ah bon ? fit Victoria.

— Si, si. Toi même, quand tu as vu ton bateau, n'as-tu pas cru qu'il allait te sauver la vie ? Et n'as-tu pas découvert ensuite qu'il était si vieux et vermoulu qu'il prenait l'eau ?

— C'est vrai, marmonna Vicky.

— Et pourtant, bien qu'il coule et menace de te faire couler avec, tu t'y cramponnes, n'est-ce pas ?

— Oui, fit Vicky boudeuse.

Puis soudain son visage s'éclaira.

— Je sais ! Vous pourriez nous prendre sur votre dos et nous sortir de la tempête parce que vous êtes un dauphin et que les dauphins sont bons nageurs et qu'il sont intelligents et je suis sûre que vous savez exactement où se trouve la terre.

— Oui, je le pourrais mais je ne le ferai pas.

— Et pourquoi ?

— Parce que si on donne un poisson à un homme, on le nourrit pour la journée. Mais si on lui apprend à pêcher, on le nourrit pour la vie. Voilà pourquoi.

— On s'en fiche du bonhomme et de son poisson, fit Vicky qui commençait à s'énerver. Il faut que vous nous aidiez à sortir de là avant que l'eau ne monte encore.

— Aide-toi et le ciel t'aidera. Je peux seulement vous aider à vous en sortir toute seules.

— Nous en sortir toute seules ? Mais comment pouvons-nous y arriver ? demanda Victoria.

— En vous jetant à l'eau pour ainsi dire, lui répondit le dauphin.

— En nous jetant à l'eau ? En quittant le bateau ? Mais vous ne comprenez rien ! cria Vicky en colère contre le dauphin. On vous l'a déjà dit, on ne sait pas nager.

— C'est toi qui ne comprends rien. Tu sais nager mais tu as simplement choisi de ne pas le faire. Ceci dit, moi je peux t'apprendre.

— On est gelées, on est épuisées et de toute façon la

mer est trop mauvaise, dit Vicky d'un ton péremptoire. C'est sûr qu'on se noierait si on essayait maintenant.

— C'est sûr que vous allez vous noyer si vous n'apprenez pas à nager tout de suite.

Vicky s'agrippait au bord du bateau en hurlant.

— Je ne veux pas quitter le bateau ! Je ne veux pas, je ne veux pas !

— On peut avoir l'impression qu'on se noie pour de bon et s'en tirer malgré tout, dit le dauphin. Il est important de s'en souvenir.

— On ne sera plus là pour se souvenir de quoi que ce soit, hurla Vicky.

— Il y a des gens qui ont touché le fond avant d'accepter d'apprendre à se sauver. Et même dans ces cas-là, il y en a qui ne veulent pas se risquer à essayer. Tu as entrepris ce voyage pour ne pas sombrer avec ton navire, dit Dolly. Es-tu bien sûre de vouloir sombrer avec celui-ci.

— Je ne comprends pas, dit Vicky. On n'est jamais montées sur un bateau avant.

— Dolly veut parler du prince, expliqua Victoria. D'une certaine manière, il était notre navire. C'était la première fois que nous avons dû décider de rester et de sombrer ou bien de partir et d'apprendre à nager. Si nous étions restées avec lui, nous n'aurions pas tardé à être noyées de larmes. De même que si nous restons dans cette barque, nous allons nous noyer dans la mer. Tu comprends ?

Dolly fit un petit signe de nageoire.

— Oui, dit-il. Il faut parfois lâcher prise pour aller de l'avant. Désolé de vous bousculer, mais le temps presse. Je vous conseille de vous décider rapidement.

— Voyons, dit Victoria en faisant rapidement dans sa tête une liste de pour et de contre.

Il lui aurait été beaucoup plus facile de le faire par écrit mais, sur le ton le plus décidé qu'elle put, afin de bien s'en convaincre et d'avoir l'air convaincante auprès de Vicky et du dauphin, elle finit par dire :

— Nous avons décidé de nager en quittant le prince alors nous décidons de nager cette fois aussi.

— Très bien, dit Dolly en se rapprochant de la barque et en se soulevant légèrement de façon à former comme un îlot gris et luisant. Grimpez à bord et tenez-vous à ma nageoire.

— Si nous lâchons le bord du bateau, nous allons nous noyer, dit Vicky. Je le sais.

— Voilà des années que tu es en train de te noyer alors que tu n'étais même pas dans l'eau, lui rétorqua Dolly. Et tu as tellement peur que tu n'as même pas remarqué qu'il pleuvait moins. La vie n'est pas donnée avec un bon de garantie : on n'a rien sans rien et on n'a certainement rien si on ne prend pas le risque d'essayer.

La princesse se hissa maladroitement sur le dos glissant du dauphin au milieu des cris de Vicky :

— Attention Victoria ! On perd l'équilibre !

Dolly la rassura.

— Ne t'inquiète pas, dit-il. Quand on lâche prise et qu'on se met à bouger, il est normal de perdre un peu l'équilibre et de faire pencher le bateau.

Vicky se mit à califourchon sur le dauphin et se cramponna à sa nageoire pour ne pas tomber.

— J'ai bien cru que vous n'alliez pas nous prendre sur votre dos à cause de cette histoire du bonhomme et du poisson, dit-elle indignée.

— Mais je vais simplement te montrer comment nager correctement, lui répondit le dauphin qui glissait sans effort dans les eaux tumultueuses et bouillonnantes. Ça sera bientôt ton tour.

— Ça ne presse pas, marmonna Vicky.

— On se sent quand même en sécurité sur votre dos, Dolly.

— La seule sécurité durable, c'est de savoir qu'on peut se débrouiller tout seul, lui répondit le dauphin. Est-ce que tu comprends maintenant pourquoi il faut que tu apprennes à nager ?

— Oui, dit Victoria. Je comprends.

— Bien. Les leçons de la mer sont très utiles à ceux qui sont sur le chemin. Je te conseille d'observer attentivement.

Dolly ralentit sa course et s'arrêta presque.

— Tu réussiras en travaillant en accord avec les forces naturelles, c'est-à-dire en allant dans le sens du courant et en t'en servant au lieu de vouloir aller contre. Laisse-toi aller. Suis le courant. Fais un avec lui. Offre-toi à la mer.

— Ça on a déjà failli le faire , dit Vicky.

— Je suis content de voir que tu as de l'humour, Vicky, dit Dolly qui avait en effet l'air ravi. L'humour facilite l'apprentissage. Bon, maintenant, avant de nager, il faut d'abord que tu apprennes à flotter en faisant la planche. De même qu'il faut d'abord apprendre à tenir sur ses jambes avant de pouvoir marcher ou courir. Regarde comme je suis détendu, je ne bouge presque pas, je ne fais aucun effort et pourtant l'eau me porte. Bon, maintenant, mets-toi sur le dos pendant que je te soutiens. Je vais m'enfoncer un peu dans l'eau pour que ton corps soit juste à la surface. Ne crains rien, je reste en dessous pour que tu ne coules pas.

— Sur le dos ? On n'y arrivera pas, dit Vicky.

— Si on ne fait pas confiance à ses capacités, on s'empêche de réussir, répondit Dolly.

Lentement, progressivement, le dauphin s'enfonça dans l'eau. La princesse s'efforça de suivre les instructions qu'il lui donnait mais Vicky paniquait et le dauphin dut remonter de nombreuses fois à la surface pour la rassurer avant de recommencer. Cependant, Victoria était aussi déterminée que Vicky pouvait être effrayée. Elle s'appliqua donc à suivre les conseils de Dolly bien que Vicky continuât à faire des siennes.

— Je ne peux pas me détendre, je n'arrive pas à me décontracter, répétait sans arrêt Vicky.

— Respire à fond puis souffle doucement. Sens ton corps et ton esprit qui se calment, qui se détendent, qui se laissent aller, qui suivent le courant.

— Mais comment est-ce que je peux me détendre avec ces grosses vagues et cette mer déchaînée ?

— Calmer son esprit face aux turbulences est une leçon difficile certes, mais essentielle. Si on ne se sentait en paix que par temps calme, on le serait rarement. Et puis, si on se concentre sur ce qu'on peut faire plutôt que sur ce qu'on ne peut pas faire, ça aide. Maintenant vas-y, respire profondément et doucement, dit Dolly d'une voix apaisante. Sens ton corps et ton esprit qui se calment.

Malgré ces conseils avisés, Vicky paniquait et s'agitait à chaque fois que Dolly plongeait pour que Victoria se familiarise avec la sensation de flotter. Et à chaque fois, Dolly lui redisait de respirer profondément et lentement, de sentir son corps et son esprit se détendre et se calmer, de se concentrer sur ce qu'elle savait faire plutôt que sur ce qu'elle ne savait pas faire.

Au bout d'un moment, Vicky se mit à pleurnicher :

— Je n'ai plus de force, je ne peux plus continuer.

— Il y a beaucoup de force dans le renoncement. Essaie encore.

Mais à chaque fois Vicky paniquait, s'agitait et essayait de se mettre debout.

— Il est toujours plus facile de continuer à faire la même chose, même si ça ne marche pas, que de changer, dit Dolly avec patience. Souviens-toi de bien respirer.

— Vous me faites penser à quelqu'un que nous connaissons, dit Victoria. Avez-vous déjà entendu parler de Henry Herbert Hoot Le Hibou, Docteur ès Cœurs ?

— Mais oui, bien sûr ! D'ailleurs, Doc et moi travaillons souvent ensemble et nous sommes devenus amis. Maintenant que vous m'en parlez, je réalise que ça fait un moment que je ne l'ai pas vu par ici.

— Vous voulez dire que Doc vient ici ? Je me demande pourquoi il n'est pas venu quand nous avions besoin de lui. Il a toujours l'air d'être au courant de ce qui se passe partout.

— Il me laisse m'occuper des affaires de la mer de même que moi je le laisse s'occuper des affaires de cœur. Bon, revenons à l'occasion qui se présente à nous.

— L'occasion qui se présente ? Tu parles d'une occasion ! marmonna Vicky qui pensait que Dolly parlait comme s'il avait trop fréquenté Doc.

— La mer et la vie ont beaucoup en commun, poursuivit Dolly. Calme-toi, détends-toi. Si tu crois qu'elles vont te porter, elles le feront. Mais si tu te bats contre elles et crois qu'elles vont te faire couler, elles le feront de même. Le choix t'appartient.

Après de multiples tentatives et mille paroles rassurantes de Dolly, la princesse finit par flotter triomphalement sur l'eau.

— Magnifique ! s'écria Dolly. Maintenant tu es prête, tu peux te retourner pour flotter sur le ventre.

Au départ, Vicky fit des manières car elle ne voulait pas avoir le visage dans l'eau. Cependant, la princesse ne tarda pas à flotter sans effort sur le ventre comme elle l'avait fait sur le dos.

Dolly était ravi.

— Maintenant, il faut que tu apprennes à te déplacer dans l'eau, dit-il en lui faisant une très belle démonstration. Remarque bien la fluidité de mes mouvements. Je ne me bats pas contre l'eau, je ne lutte pas, pas de battements intempestifs de queue ni de nageoire mais simplement un effort régulier, continu, sans à-coups.

Vicky refusa de bouger.

— Je veux bien croire que l'eau va nous porter, comme vous dites, mais la seule idée de bouger me donne l'impression qu'on va couler.

— Tu ne pourras pas croire que tu peux y arriver tant que tu n'auras pas essayé. Allez, vas-y, fais-le, dit Dolly. Et tu vas t'apercevoir que cela est vrai pour beaucoup de choses.

La princesse, suivant les instructions de Dolly, leva prudemment un bras en l'air mais elle se sentit aussitôt couler et Vicky se débattit en faisant de grandes gerbes d'eau autour d'elle.

— Voilà, ça y est ! dit Vicky. On a appris tout ce qu'on pouvait, maintenant on ne peut plus. On abandonne. D'accord, Victoria ?

Bien qu'elle fût épuisée et à bout de nerfs, Victoria n'avait aucune intention de renoncer. Elle entendait encore la voix de Doc qui lui disait : « On renonce par désespoir mais on cède par acceptation. »

— Il ne faut pas qu'on renonce, jamais, Vicky. Il faut qu'on accepte. Il faut qu'on accepte notre peur et qu'on la surmonte pour pouvoir nager. Sinon on n'y arrivera jamais. Allez, Vicky, c'est notre seul moyen de retrouver la terre ferme.

Dès que Vicky eut accepté, la tension quitta le corps de la princesse : elle se détendit enfin. Lentement elle leva un bras, puis l'autre, et décrivit des cercles gracieux qui plongeaient élégamment dans l'eau. Les vagues se calmèrent et la mer devint lisse comme de l'huile. La princesse faisait corps avec l'eau.

— La nature est très généreuse envers ceux qui respectent ses lois simples, dit Dolly en observant la princesse qui glissait dans l'eau. Mais elle se montre impitoyable envers ceux qui les enfreignent. La nature est peu exigeante dans ses demandes mais elle punit sévèrement toute désobéissance. Quand on vit en harmonie avec la nature, la vie coule. Tu comprends maintenant ce que je veux dire ?

— Oui, oui, je le sens ! cria Vicky.

La pluie cessa, les nuages noirs s'éloignèrent et le soleil fit son apparition.

— Regarde, un arc-en-ciel ! lança Vicky qui venait de lever la tête entre deux brasses. Je suis tellement contente que les gros nuages soient partis et que cette affreuse pluie ait cessé.

— Mais il faut les deux, le soleil et la pluie, pour faire un arc-en-ciel, dit Dolly. C'est une réalité dont il est bon de se rappeler.

La princesse s'arrêta, leva la tête et se tint doucement à la surface de l'eau par un léger mouvement des bras et des jambes.

Dans son exaltation, elle avait oublié qu'elle ne savait toujours pas dans quelle direction se trouvait la terre ferme. Elle regarda de tous côtés.

— Avec toute cette eau, je n'arrive pas à voir la terre, dit-elle en sentant que son calme l'abandonnait.

— Est-ce que c'est comme l'arbre qui cache la forêt ? demanda Vicky.

— Eh bien, Vicky ! Je croirais m'entendre, s'exclama Victoria dans un sourire.

Son regard fut attiré par l'arc-en-ciel. Elle avait l'impression qu'il l'appelait. Elle essaya de comprendre pourquoi elle avait un tel sentiment et d'où il venait, mais sans succès. Puis elle se dit que c'était ridicule d'avoir un tel sentiment à propos d'un arc-en-ciel. Mais le sentiment persista. Elle finit par se dire que c'était le fruit de son imagination mais son impression demeura.

— Pouvez-vous me dire si, pour une raison quelconque, je suis sensée nager en direction de l'arc-en-ciel ? demanda-t-elle à Dolly d'une voix hésitante.

— Pourquoi poser la question aux autres quand on connaît déjà la raison dans son cœur ?

Elle repensa au temps où elle avait été irrésisti-blement attirée par l'arbre au sommet de la colline. C'était le jour où elle avait eu tellement besoin de trouver Doc. Et effectivement il était là. Aujourd'hui, c'était la terre ferme qu'il fallait absolument qu'elle trouve. Quelqu'un essayait-il de lui dire quelque chose ?

Elle regarda à nouveau l'arc-en-ciel. Son cœur battit plus fort quand ses yeux se posèrent sur le rouge. C'était exactement le même que celui de ses roses préférées.

— C'est dans cette direction que je vais aller, annonça-t-elle à Dolly.

A ce moment précis, une bande de terre apparut à l'horizon. Victoria était stupéfaite.

— D'où vient cette terre ? Elle n'était pas là avant !

— Mais si, lui répondit Dolly.

— Alors pourquoi ne l'ai-je pas vue ?

— Parce que la peur et le doute nous empêchent de voir ce qui saute aux yeux.

— Vous voulez dire que cette terre a toujours été là mais que je ne pouvais pas la voir parce que j'avais peur ?

— Exactement. Et parce que tu doutais de la réponse que te donnait ton cœur.

— Je ne comprends pas. Doc m'a dit un jour que je ne voyais pas le chemin de la vérité parce que je n'étais pas prête à le voir. Et vous me dites que je ne voyais par la terre parce que j'avais trop peur et que j'étais pleine de doutes. Alors est-ce le fait de ne pas être prêt ou le fait d'avoir peur et de douter qui nous empêche de voir ?

— Les deux, mon capitaine ! Car quand on a peur et qu'on doute, c'est qu'on n'est pas prêt.

— Je comprends que Doc et toi soyez devenus amis. Vous avez beaucoup de choses en commun, dit Victoria.

— Vous venez avec nous, Dolly ? demanda Vicky.

La tête du dauphin brillait dans le soleil et il avait un grand sourire.

— Il faut que tu atteignes la terre ferme toute seule. Quant à moi, il faut que je sois là pour le prochain voyageur qui va se débattre pour ne pas se noyer.

— Vous allez nous manquer, Dolly, dit la princesse.

— Ceux que tu portes dans ton cœur sont toujours proches, lui répondit Dolly avec un battement de ses longs cils. Je ne t'oublierai jamais.

Sur ces mots, le dauphin fit demi-tour, dit au revoir d'un battement de queue et disparut lentement sous la surface des eaux. La mer était calme, accueillante, chargée d'espoir. C'est le cœur réjoui que la princesse regarda les eaux scintillantes car elle savait qu'elle pouvait atteindre la terre ferme toute seule, sans l'aide de personne. Une sentiment de puissance et de paix s'empara d'elle et l'enveloppa comme les douces vagues qui la portaient.

Chapitre Douze
La terre de l'illusion

En s'éveillant, la princesse sentit le sable ferme et chaud sous son corps. Le contact du sable ne lui avait jamais paru si bon. Elle y enfonça ses doigts et en prit une poignée. C'était bien du sable. Apparemment, elle avait atteint le rivage saine et sauve.

Elle repensa au moment où elle avait aperçu la terre. Elle avait cru alors que c'était la fin de ses tourments mais la distance à parcourir à la nage s'était avérée une difficile épreuve d'endurance et, quand elle atteignit les brisants, elle était à bout de force. Impossible de nager deux mètres de plus. Elle était arrivée jusque là. Et si elle n'arrivait pas jusqu'au bout ? La peur avait commencé à la tarauder de l'intérieur.

Elle s'était alors souvenue des paroles de Dolly : *La peur et le doute nous empêchent de voir ce qui saute aux yeux…* Ce qui saute aux yeux. Elle s'était alors demandé s'il y avait une solution que la peur et le doute l'empêchaient de voir ?

Une autre parole de Dolly lui était ensuite revenue en mémoire : *Calmer son esprit face aux turbulences est une leçon difficile certes, mais essentielle.* Particulièrement quand la turbulence est à l'intérieur de soi, avait pensé la princesse. C'était sûrement la pire forme et elle avait toujours cru qu'il était impossible d'y échapper. Elle avait cependant fait confiance à la sagesse de Dolly et s'était souvenue qu'il fallait respirer profondément et calmement. Elle s'était alors détendue et s'était laissé porter par le courant. Et le courant l'avait jetée sur le rivage. Trop épuisée pour bouger, elle s'était endormie.

Réveillée, elle respirait maintenant l'air marin à pleins poumons et écoutait le rythme des vagues.

— Je suis trop jeune pour que tout tombe à l'eau, dit Vicky d'un ton enjoué.

— Tu commences à avoir de l'humour, lui répondit Victoria qui repensa soudain au prince.

Son esprit et son humour lui manquaient terriblement. Son prince lui manquait cruellement. Elle aurait tant voulu lui dire qu'elle avait enfin appris à nager. Il aurait été si fier — en tout cas à une certaine époque. Elle soupira et essaya d'écarter cette pensée mais il lui était difficile de ne pas penser au prince.

Elle entendit soudain la musique du banjo qui s'élevait des vagues et une voix qui chantait :

Quand tu vois un bel arc-en-ciel
Percer les sombres nuages
C'est un grand signe venu du ciel
Pour guider ton équipage.

— Doc ! C'est Doc ! s'écria la princesse.

Elle se mit debout d'un bond et aperçut le hibou qui se tenait au sommet d'une petite dune de sable.

— Bonjour, Princesse.

— Qu'est-ce que vous faites là ? lui demanda-t-elle, si heureuse de le voir.

— Je t'attendais. Dolly m'a demandé de t'apporter cela, répondit-il en lui tendant son sac de voyage un peu abîmé par les intempéries. Il pensait que ça te ferait plaisir de le récupérer.

— Oh oui ! fit la princesse. Je n'arrive pas à croire qu'il ait pu le retrouver. Je l'ai perdu quand j'ai été précipitée dans la mer et j'ai bien cru que je ne le retrouverais jamais.

La princesse prit son sac et l'ouvrit avec empressement.

— Tout est probablement abîmé à l'intérieur, dit-elle, mais je suis tout de même contente de l'avoir car il contient les choses auxquelles je tiens le plus au monde.

Elle plongea la main dans son sac et en ressortit ses précieuses pantoufles de vair miniatures avec ses initiales gravées dessus. Elles étaient toujours enveloppées dans l'écharpe en laine. Elle défit le ruban avec inquiétude, déroula l'écharpe, découvrit ses pantoufles et les retourna dans tous les sens, émerveillée.

— Mais elles sont intactes ! s'exclama-t-elle.

— Dolly m'a dit qu'il avait vu ce sac accroché à une branche qui flottait sur l'eau et s'était dit qu'il était sûrement à toi. Etant donné les circonstances, on peut dire que son contenu s'en est bien sorti. Toi aussi, apparemment.

— Je ne me sens pas aussi bien que je dois en avoir l'air, dit la princesse. Vous m'avez dit que je me sentirais mieux quand je commencerais à apprendre la vérité mais vous ne m'avez jamais dit que je pourrais me noyer en cours de route.

— Avoir l'impression qu'on se noie est une occasion d'apprendre la vérité.

— C'est drôle, c'est un peu ce que m'a dit Dolly.

— Rien d'étonnant à cela. La vérité a beaucoup de professeurs à son service.

— Vous vous souvenez quand vous m'avez dit que la vérité était le remède le plus puissant de tout l'univers ? Eh bien, en êtes-vous sûr ?

— Oui, Princesse. Sûr et certain. Pourquoi me poses-tu cette question ? Commences-tu à douter de son pouvoir de guérison ?

— C'est juste parce que je commence à avoir appris pas mal de choses et que ça n'a pas marché comme je le croyais. J'ai encore des tremblements et l'estomac noué et la poitrine oppressée.

— Te souviens-tu de ce que j'ai écrit sur l'ordonnance ? Peut-être pourrais-tu la relire.

— Non, ce n'est pas la peine. Je me souviens exactement de ce qui est écrit : *La vérité guérit. C'est le meilleur médicament. En ingurgiter un maximum le plus souvent possible*. J'en ai déjà ingurgité beaucoup mais je ne savais pas que c'était si dur à avaler ni que j'aurais l'impression que j'en prenais depuis si longtemps.

— Je ne t'ai jamais promis que ce serait rapide ni facile. Je t'ai simplement dit que c'était efficace.

Le visage de Doc se radoucit et il ajouta avec un sourire :

— Ne te décourage pas, Princesse. Même si tu ne t'en rends pas compte, tu fais des progrès extraordinaires.

Doc rangea son banjo et son canotier dans sa sacoche noire.

— Ah, j'ai failli oublier de te le donner, dit-il en sortant un petit paquet de noisettes, de cacahuètes, d'amandes et de fruits secs. J'ai pensé que tu en aurais sûrement besoin.

— Merci, Doc. Ça a l'air délicieux.

Doc donna le paquet à la princesse puis referma son sac.

— Tout le plaisir est pour moi. Bon, maintenant il faut que je m'en aille. J'ai des patients qui m'attendent. Ah, fit-il, visiblement très content de lui, c'est précisément ce dont tu as besoin : avoir de la patience et attendre.

— On dirait que tout le monde fait de l'humour en ce moment, marmonna la princesse qui pensa à nouveau au prince.

— Tu ferais bien d'y aller aussi, tu as beaucoup de chemin à faire. Je reviendrai te voir, dit Doc en s'élevant doucement dans les airs.

— Attendez, Doc, s'il vous plaît. Je ne sais même pas où je suis. Comment est-ce que je retrouve le chemin de la v...

Mais le hibou était déjà haut dans le ciel. La princesse dut tendre l'oreille pour entendre la réponse qu'il lui cria et que le bruit des vagues couvrait en partie.

— Mais tu y es, sur le chemin de la vérité. Souviens-toi qu'il faut suivre ce que ton cœur te dit.

— Je préférerais suivre ce que me dit une carte, marmonna-t-elle frustrée que Doc ne lui ait pas dit où

173

aller ou au moins qu'il ne l'ait pas aidée à choisir une direction.

— Une carte ! se répéta-t-elle. Si seulement… Mais oui, bien sûr ! La carte de la famille royale !

Elle attrapa son sac de voyage et fouilla à l'intérieur en espérant que l'encre du parchemin n'avait pas été effacée par l'eau de mer. Elle ôta le fil d'argent et le déroula : tout était encore parfaitement lisible. Soulagée, elle étudia attentivement la carte jusqu'à ce qu'elle décide quelle direction il fallait prendre. Puis elle prit une petite pomme verte dans le paquet que lui avait donné Doc et rangea le reste dans son sac en mettant la carte sur le dessus. Elle ne tarda pas à terminer sa frugale collation, prit son sac, se leva et s'éloigna sur la plage.

C'était pour la princesse une marche extrêmement difficile car elle s'enfonçait à chaque pas jusqu'à la cheville ; au bout d'une courte distance, il lui devint pénible de mettre un pied devant l'autre. Elle s'arrêtait souvent pour se reposer et pour consulter la carte de la famille royale car elle était bien décidée à ne pas prendre le moindre risque de se perdre. Vicky était tour à tour un fardeau et une grâce. Elle s'énervait, pleurait et faisait des siennes. Elle se plaignait sans arrêt que Victoria ne s'occupait pas assez d'elle parce qu'elle était tout le temps en train de regarder sa carte ou d'essayer de comprendre pourquoi leur conte de fées s'était effondré. Victoria était malgré tout contente que Vicky soit là : sans elle, sa solitude eût été insupportable.

A mesure de sa lente progression, la princesse constata que le bruit des vagues et l'odeur de l'air marin disparaissaient peu à peu. Le sable se transforma en gravier et le gravier en une épaisse couche de galets qui roulaient sous ses pieds et l'obligeaient à faire attention à chaque pas.

— Doc nous avait bien dit qu'on aurait des galets qui rouleraient sous nos pas mais il ne nous a pas dit comment sortir de là, dit Victoria qui avait du mal à garder son équilibre.

— Si ça continue comme ça, on va mettre une éternité pour arriver quelque part, gémit Vicky.

Ah oui. Une éternité. L'éternité ! Elle et le prince s'étaient promis de s'aimer pour l'éternité.

— Il y a peu de choses qui durent l'éternité, Vicky.

Vraiment peu de choses, pensa-t-elle tristement, sauf le fait de se demander ce qui n'avait pas été. Et les reproches. Et le sentiment de culpabilité. Et la frustration. Et la colère. Et l'impression de vide. Et le fait que le prince lui manquait cruellement. Et la tristesse et le deuil d'un conte de fées auquel elle tenait tant.

— Au fait, pourquoi sommes-nous parties de la maison ? demanda Vicky. Je n'arrive jamais à m'en souvenir exactement.

— Comment peux-tu oublier une telle chose ?

— C'est facile. A chaque fois que je pense au prince, je me souviens de sa gentillesse et de son humour et je me dis qu'il me manque beaucoup et…

— Et sa méchanceté alors ? Et son injustice envers nous et tout le reste ?

— J'ai toujours du mal à m'en souvenir.

— Je ne sais pas quoi te dire, Vicky, fit Victoria en soupirant. Peut-être qu'avec le temps les choses deviendront plus faciles.

Accroupie, Victoria se fit un endroit où dormir en arrangeant les galets sur le sol.

— Mais ça fait déjà longtemps !

— Je sais, Vicky, lui répondit Victoria qui s'était allongée et tombait de sommeil. Il fait presque nuit, il faut que tu dormes maintenant.

***

Le lendemain matin au réveil, la princesse reprit sa route. Elle ne tarda pas à arriver à une croisée des chemins. Elle s'arrêta et regarda le chemin qui partait sur la gauche : il s'étendait en ligne droite puis, au loin, escaladait paresseusement le flanc d'une montagne. Il n'est pas trop mal, celui-là, pensa-t-elle. Puis elle regarda le chemin de droite : il était étroit, abrupt, sinueux, percé de fondrières et encombré de végétation. Soudain, la princesse eut fortement le sentiment que ce chemin l'appelait. Oh, non ! pensa-t-elle. Pas celui-là.

Mais le chemin et les rochers, les arbres et les arbuste semblaient tous l'appeler par son nom. Pourquoi ? se demanda-t-elle. Pourquoi devait-elle se sentir obligée de prendre le chemin qui était de toute évidence le plus difficile des deux ? Cela n'avait aucun sens. Elle eut beau se dire que c'était ridicule, son sentiment persista néanmoins. Elle décida ensuite que c'était son imagination qui lui jouait des tours mais rien à faire, elle se sentait toujours attirée par le plus difficile des deux chemins.

Voulant mettre toutes les chances de son côté, la princesse sortit la carte de la famille royale de son sac et se sentit rassurée de pouvoir compter sur une carte. Après tout, n'avait-elle pas déjà servi à de nombreuses générations de la famille royale ? Elle pencha la tête d'un côté, puis de l'autre, et traça son chemin d'un doigt sur la carte.

— A gauche. On prend le chemin de gauche, déclara-t-elle tout en enroulant la carte avant de la remettre dans son sac. Dieu merci !

Peu de temps après avoir pris ce chemin, la princesse eut clairement le sentiment qu'il descendait alors qu'à prime abord il avait paru plat. Bizarre, pensa-t-elle. Plus bizarre encore, elle aperçut au loin un ruisseau mais, quand elle y arriva, elle ne le vit pas. Les mots de la reine lui revinrent en mémoire : *Victoria, il faut que tu apprennes à faire la différence entre ce qui est vrai et ce qui ne l'est pas. Sinon, les gens vont se mettre à jaser.*

Plus elle marchait et plus elle réfléchissait et moins elle comprenait ce qui se passait sur ce chemin de même qu'elle n'avait jamais réussi à comprendre ce qui se passait avec le prince.

Soudain, la princesse se heurta à un énorme rocher qui barrait le chemin. Elle aurait juré qu'il n'était pas là avant qu'elle le heurte ou qu'il la heurte. Dans quel sens cela s'était passé, elle était bien incapable de le dire. De toute façon, elle n'était plus sûre de rien.

Plus Victoria avançait sur le chemin et plus le ciel s'assombrissait. Elle avait perdu ses repères dans le temps et ne savait plus combien de fois le soleil s'était levé et couché depuis qu'elle avait quitté le bord de mer. Elle n'était pas sûre non plus d'où elle venait ni où elle allait car les contrées qu'elle traversait ne semblaient pas correspondre à la carte. Enfin, elle se demandait si le fait de ne pas savoir où elle était voulait dire qu'elle était perdue. Un léger brouillard tomba sur le chemin, accompagné d'un petit vent glacé. Son estomac se noua d'une manière qu'elle connaissait bien et les mots de M. Hyde lui revinrent en mémoire : *Tu tombes malade à chaque fois qu'il y a un peu de vent.*

Ça serait tellement épouvantable de tomber malade ici toute seule sans son prince pour la soigner, pensa Victoria soudain mélancolique. Le brouillard devenait plus dense et la princesse eut l'impression qu'elle allait s'y noyer.

— Peut-être que je vais finir par me noyer. Sur la terre ferme en plus. Personne ne voudrait croire cela, marmonna-t-elle.

— Avoir l'impression qu'on se noie est souvent une bénédiction, dit une voix qui venait du brouillard. Dolly ne te l'a-t-il pas dit ?

— Qui a parlé ?

— Qui, qui ? Mais c'est moi ! répondit la voix.

— Doc ! Vous m'avez fait peur !

— Tu n'as pas besoin que quelqu'un t'aide à avoir peur, Princesse. Tu fais cela très bien toute seule.

— Dolly m'a appris comment avoir moins peur mais parfois je n'y arrive pas.

— Il est difficile de se débarrasser des vieilles habitudes.

— C'est vrai ?

— Bien sûr. Il faut beaucoup d'entraînement pour désapprendre les vieilles habitudes et les remplacer par de nouvelles.

— Vous avez de la chance, Doc. Je suis sûre que vous n'avez plus besoin d'entraînement, vous.

— Ce n'est pas une question de chance. Et il y a toujours de nouvelles leçons à apprendre.

— Vous voulez dire que ce n'est jamais fini ? demanda la princesse découragée à l'idée qu'il n'y ait pas de fin à son voyage.

— Mais plus tu apprends et plus tu sais de choses et plus le chemin devient facile et agréable.

La princesse reprit courage.

— Que vouliez-vous dire quand vous m'avez dit qu'avoir l'impression qu'on se noie était souvent une bénédiction ? demanda Victoria qui avait envie d'apprendre un maximum de choses le plus vite possible.

— Eh bien, n'était-ce pas la menace immédiate de la noyade dans la mer des émotions qui a poussé Vicky à accepter d'apprendre à nager ?

— Oui, c'est vrai.

— Les défis et les épreuves nous offrent l'occasion d'apprendre une leçon de vérité.

— J'en ai un peu assez des défis et des épreuves. Par exemple, ce chemin ne correspond pas du tout aux apparences. J'ai vu des choses qui n'étaient pas là et je n'ai pas vu celles qui y étaient, si bien que je ne sais plus où j'en suis.

— Je pensais que tu t'étais habituée aux choses qui ne correspondent pas aux apparences.

— Comment cela ?

— On voit rarement les choses telles qu'elles sont sur la terre de l'illusion.

— La terre de l'illusion ! Comment ai-je atterri là ?

— Mais tu n'y as pas atterri, c'est là que tu as passé la majeure partie de ta vie.

— Vous voulez dire que j'ai erré dans ce brouillard pendant des années sans le savoir ?

— Oui. Tout le monde erre dans le brouillard sur la terre de l'illusion. De toute façon, cela ne change pas grand-chose qu'il y ait du brouillard parce qu'ici les gens ne voient pas ce qu'ils ont sous le nez, même par temps clair.

— C'est donc pour cela que j'avais tant de mal à comprendre ce qui se passait. Mais comment suis-je arrivée sur la terre de l'illusion ?

— En te servant, d'une manière ou d'une autre, d'une carte qui n'était pas la tienne.

— Mais cette carte a guidé mes ancêtres génération après génération, dit la princesse en sortant la carte de la famille royale de son sac de voyage. Pourquoi ne m'indiquerait-elle pas le chemin à moi aussi ?

— Parce que chacun a un chemin différent. Et ce qui est la bonne voie pour l'un ne l'est pas nécessairement pour l'autre. Seul notre cœur connaît le chemin. Tu as écouté ton cœur quand tu t'es sentie attirée vers l'arbre au sommet de la petite colline et tu m'as rencontré. Tu as écouté ton cœur quand l'arc-en-ciel t'a appelée et il t'a montré la direction du rivage. Mais lorsque tu t'es retrouvée à la croisée des chemins, tu n'as pas écouté ton cœur. Tu as sorti ta carte et tu as suivi l'idée de quelqu'un d'autre sur la route à suivre. C'est précisément comme ça qu'on se perd.

— Je ne suis pas vraiment perdue puisque vous êtes là, dit timidement la princesse.

— Bien sûr que si, Princesse. Peu importe qui est là, tu es complètement perdue.

La princesse comprit immédiatement que les paroles de Doc étaient pleines de vérité car elle se souvint qu'elle s'était déjà sentie perdue même en présence du roi, de la reine ou du prince.

— Alors que dois-je faire maintenant ? demanda-t-elle. Retourner à la croisée des chemins ?

— Pas nécessairement, Princesse. De nombreux chemins mènent à la même montagne.

Puis, en un clin d'œil, le hibou écarta ses ailes et disparut dans le brouillard comme il était venu.

C'est avec inquiétude que la princesse reprit le chemin qui serpentait à travers la terre de l'illusion car elle savait que désormais elle ne pouvait plus se fier à sa carte. Le brouillard s'épaissit encore et elle faillit ne pas voir un panneau indicateur. Mais, l'apercevant à la dernière seconde, elle s'en approcha pour lire ce qu'il disait tout en espérant que ce n'était pas une illusion de plus. Là, elle lut, écrit en grosses lettres noires, à côté d'une flèche qui pointait droit devant : CAMP DES VOYAGEURS PERDUS.

Chapitre Treize
Le camp des voyageurs perdus

Une épaisse couverture nuageuse obscurcissait le camp et lui conférait une ambiance triste et humide. Il y avait des tentes, des cabanes et quelques caravanes. Des gens s'éparpillaient par petits groupes et semblaient ne prêter aucune attention aux écureuils et aux lapins qui jouaient autour d'eux. Entendre des voix humaines procura un grand soulagement à la princesse.

Une cabane en bois se tenait à l'entrée du camp. La porte était surmontée d'un écriteau gravé à la main :

CAMP DES VOYAGEURS PERDUS
BUREAU D'ACCUEIL ET D'INFORMATION

La princesse monta les quelques marches et poussa la porte en bois qui grinça bruyamment. A l'intérieur, un homme au physique sec et nerveux, portant une chemise écossaise verte et bordeaux, les pieds sur son bureau, taillait un bout de bois au couteau.

— Bonjour, lança-t-il avec enthousiasme tout en continuant à tailler son bois, je m'appelle Willie Bordeaux.

— Bonjour, lui répondit la princesse, je suis ravie de faire votre connaissance.

Elle trouvait cela amusant qu'un homme porte le même nom que la couleur de sa chemise.

— Que faites-vous ? continua-t-elle.

— Je taille des sifflets en bois. C'est surtout pour les ouvriers.

— Ah bon ?

— Oui, ils aiment bien siffler en travaillant. Moi j'aime bien tailler le bois en travaillant. C'est pour cela qu'on m'appelle Willie le tailleur de bois, dit-il en enlevant un long morceau de copeau avec son couteau. Qu'est-ce que je peux faire pour vous par cette magnifique journée ?

— Je ne sais pas par où commencer, lui répondit la princesse.

Elle posa son sac de voyage et se demanda si Willie était si occupé à tailler ses sifflets qu'il n'avait pas remarqué le temps qu'il faisait dehors.

— Mais, reprit-elle, j'étais sur le chemin de la vérité quand je me suis trompée de route. Puis je me suis aperçue que ma carte ne m'était d'aucune utilité. Enfin, c'est une longue histoire mais un ami m'a dit que je n'étais pas obligée de rebrousser chemin et que je pouvais atteindre ma destination par l'itinéraire que j'avais pris.

— Ah, voilà pourquoi ! s'exclama Willie avec une satisfaction évidente.

— Voilà pourquoi quoi ?

— Pourquoi vous êtes arrivée ici. Il y a beaucoup de gens qui se perdent en suivant la carte de quelqu'un d'autre. Et, en général, ils atterrissent ici.

La princesse ne voulait pas atterrir dans ce camp. Puis elle se rappela que Doc lui avait dit qu'on n'« atterrissait » pas quelque part, qu'on pouvait toujours continuer mais elle était trop bien élevée pour dire cela à Willie.

— Ça fait longtemps que je suis sur la route et maintenant je ne suis plus sûre du tout d'être là où je devrais me trouver.

— Il y a un copain à moi, enfin un genre de copain, qui m'a dit un jour qu'on était toujours là où on devait se trouver. Ouais, c'est ce qu'il m'a dit.

Willie ferma son couteau et le rangea dans la poche de sa chemise avec son morceau de bois.

— C'est assez confortable ici, je vais vous montrer, reprit-il en se levant. Mais d'abord, il faut que je remette un peu de bois dans le feu.

— Je vous remercie mais je n'ai pas l'intention de rester. Il faut que je continue mon chemin pour chercher la vérité. Et il paraît qu'il y a un temple…

— Ah oui, l'interrompit Willie. Il y a d'autres gens ici qui cherchaient la même chose que vous mais la plupart ont décidé de rester. Pendant un certain temps en tout cas. Mais il y en a beaucoup qui restent pour de bon.

— Et pourquoi restent-ils ici ? demanda la princesse ?

— La terre de l'illusion est un endroit assez séduisant, si vous me permettez, Mademoiselle. On n'y voit que ce qu'on veut bien voir.

— Oui, en venant ici, j'étais sur un chemin qui avait l'air plat mais qui en fait était en pente. Et j'ai vu un ruisseau qui n'existait pas. Croyez-vous que je n'ai vu que ce que je voulais bien voir ?

— Ouais, ça arrive tout le temps.

— Je suppose que c'est à cause du brouillard qui empêche de voir clairement ce qui se passe, dit-elle en se demandant si elle le savait elle-même.

185

Puis elle se souvint que Doc lui avait dit qu'ici les gens ne voyaient rien clairement, avec ou sans brouillard.

— En fait, le brouillard ne compte pas tellement, dit Willie. Ce qui importe, ce n'est pas ce qu'on voit avec les yeux. En tout cas, une chose est sûre, c'est que le brouillard qu'il y a ici ne vient pas que du ciel.

— Que voulez-vous dire ?

— Oh, juste que les gens d'ici sont un peu dans le brouillard dans leur tête aussi entre ce qui existe et ce qui n'existe pas. Bien sûr, ils perdent leur temps car sur la terre de l'illusion, personne n'est vraiment sûr de ce qui est réel.

— Il semble bien difficile de s'y retrouver.

— Ouais. Il y a beaucoup de gens qui ne s'y retrouvent pas par ici. Pas seulement des gens d'ailleurs. On a aussi des petits lapins qui n'osent pas courir et des oiseaux qui n'osent pas chanter.

— Ah bon ? fit la princesse incrédule. Et pourquoi ?

— Parce qu'ils pensent qu'ils ne sont pas assez doués.

— Et qu'est-ce qui leur fait penser une telle chose ?

— Le fait qu'ils se comparent à leurs congénères. Il y en a toujours un pour courir plus vite ou pour chanter mieux que les autres, vous voyez ce que je veux dire.

— Mais c'est ridicule ! Qu'est-ce que ça peut faire si un lapin court plus ou moins vite ou si un oiseau chante différemment ?

Ou si je ne peux pas tirer la corde de l'arc aussi fort que quelqu'un d'autre, pensa la princesse en se demandant comment cette pensée lui était venue à

186

l'esprit. Puis elle repensa à toutes les choses qu'elle avait eu peur de faire parce qu'elle croyait qu'elle ne les ferait pas assez bien.

— Ça ne fait rien du tout, dit Willie. Il y a des gens qui ont essayé de le leur dire mais ils ne veulent pas le croire. Il y a aussi des petits lapins et des petits oiseaux qui en veulent à leur mère de les avoir mis au monde et à la vie de ne pas être plus doués.

— Les pauvres ! compatit la princesse qui ne savait que trop ce qu'ils pouvaient ressentir.

— Et ça encore ce n'est rien, Mademoiselle. Mais nous avons aussi des tortues qui pensent que leur carapace est trop grosse et trop lourde et qu'elle les empêche de faire des tas de choses.

— Mais il est normal que les tortues aient une carapace !

— Essayez donc de leur dire ça. Elles ne veulent rien savoir. Elles rentrent la tête dans leur coquille et boudent et ne veulent voir personne.

La princesse, attristée par la souffrance de toutes ces petites bêtes, se demanda pourquoi elles ne comprenaient pas qu'il était inutile de souffrir comme ça. Puis elle se demanda pourquoi elle avait passé sa vie sans comprendre qu'elle non plus n'avait pas besoin de souffrir.

— Et ce n'est pas tout, continua Willie. Nous avons aussi plein de chenilles qui rampent en essayant de se cacher la tête parce qu'elles se trouvent trop laides. Elles ne réalisent pas qu'au fond d'elles-mêmes, elles sont déjà de magnifiques papillons. Et puis, quand elles finissent par se métamorphoser en papillons, il y en a qui voient sans cesse leur vieux corps de chenille qui les regarde dans les yeux à chaque fois qu'ils se voient dans une mare. D'autres papillons oublient qu'au départ ils étaient des chenilles. Ils ont la grosse tête, vous voyez ce que je veux dire. Il n'y a pas à leur adresser la parole.

La princesse réfléchit aux papillons qui se voyaient encore comme des chenilles. Elle se souvint qu'elle se sentait comme un papillon quand elle était petite — belle et libre — mais qu'en grandissant, elle s'était de plus en plus souvent vue comme une chenille à chaque fois qu'elle se regardait dans la glace.

La voix de Willie la ramena au présent. Il parlait d'un pommier qui se sentait trop gêné pour avoir des pommes.

— Et pourquoi cela ? demanda-t-elle.

— Parce qu'il est entouré de poiriers et qu'il croit qu'il se trompe toujours de fruits.

Soudain, la princesse revit l'index du roi qui s'agitait sous son nez et sa voix qui grondait : *Tu es bien trop délicate, Victoria ! Trop sensible. Tu as peur de ton ombre et tu ne penses qu'à rêver. Qu'est-ce qu'il y a qui ne va pas ? Pourquoi n'es-tu pas comme les autres enfants de la famille royale ?*

Mais c'était sa manière d'être à elle. Aurait-elle dû rester fidèle à ce qu'elle était ? Victoria repensa avec tristesse à la première fois où la gentille petite Vicky avait bredouillé d'une voix faible : Je suis comme je suis. Et je ne suis pas assez bien. Comment avait-elle pu se mettre en colère contre Vicky, la faire pleurer, l'enfermer dans un placard alors que la seule faute commise par la pauvre enfant était d'être elle-même ?

À ces pensées, Victoria eut la gorge serrée et un poids énorme sur la poitrine. Oh Vicky, se dit-elle en silence. Je ne savais pas. Je n'avais pas compris. Que t'ai-je fait ?

À ce moment-là, la princesse entendit un drôle de bruit par la porte entrouverte du bureau :

— Croâ, croâ, croâ.

Curieuse, elle se pencha pour voir d'où cela venait. Une forme se détacha lentement du brouillard et elle n'en crut pas ses yeux — expérience qui ne lui était pas étrangère. Elle vit en effet un homme qui se déplaçait à quatre pattes en faisant des petits bonds.

— Qu'est-ce qu'il fait ? demanda la princesse en sortant sur le perron pour mieux voir.

— Oh ça ? C'est un prince. Il se prend pour un crapaud, lui dit Willie comme si de rien n'était. Si vous trouvez cela bizarre, attendez de voir le crapaud se promener avec sa grande cape, son sceptre et sa couronne. Il se prend pour un prince. Je vous avais prévenue que par ici, les gens sont dans la plus grande confusion. Même les fleurs ne savent plus où elles en sont.

— Les fleurs ? Mais comment les fleurs peuvent-elles être dans la confusion ?

— C'est facile, dit Willie. Elles se sentent coupables.

— Mais de quoi une fleur peut-elle se sentir coupable ? demanda la princesse d'un air sceptique.

— De profiter des rayons du soleil, de prendre de l'espace, d'absorber par leurs racines la nourriture de la terre.

— Et pourquoi devraient-elles se sentir coupables de cela ?

— Parce qu'elles pensent qu'elles n'en valent pas la peine.

— Mais ne savent-elles pas à quel point elles sont belles et sentent bon et tout le plaisir qu'elles nous procurent ? Je n'oublierai jamais les heures merveilleuses que j'ai passées au milieu des roses.

— Oui, mais ces fleurs-là ne connaissent pas leur propre valeur.

Elles ne sont pas les seules, pensa la princesse en regardant les gens qui s'affairaient par petits groupes.

— J'aimerais bien rester ici et comprendre ce qui s'y passe mais il faut absolument que je continue à chercher la vérité.

— Mais il y a beaucoup de vérité ici même.

— Ici ? Mais personne ne semble savoir ce que c'est.

— Eh bien, justement, Mademoiselle. Il y a beaucoup de vérité à comprendre là où elle manque. Allez, venez. Je vais vous faire visiter le camp.

La princesse ne savait pas si elle devait rester. Puis elle pensa à ce qu'avait dit l'ami de Willie : On se trouve généralement là où on doit être. C'est peut-être vrai, se dit-elle en rentrant dans le bureau pour prendre son sac de voyage.

— Vous n'allez pas voir beaucoup de campeurs heureux ici, même s'il y en a qui croient parfois l'être, lui dit Willie en descendant les marches.

Ils arrivèrent bientôt devant un singe qui se tenait sous un arbre, au bord d'une grande mare.

— Attends, je vais t'aider sinon tu vas te noyer, dit le singe en sortant un poisson de l'eau dans le creux de sa main.

Le singe posa ensuite le poisson sur une branche avec mille précautions.

— Que fait-il ? Il va faire mourir le poisson ! s'exclama la princesse.

— Il croit qu'il aide le poisson, lui répondit Willie.

— Est-ce qu'on peut faire quelque chose ?

— Ce n'est pas la peine. Ici, les poissons ont appris à se tirer d'affaire quand les singes veulent les aider.

— Vous voulez dire que ça arrive souvent ?

— Ouais. Mais il y a pire. Car si vous pensez que c'est terrible de voir un singe qui veut aider un poisson, attendez de voir ce qui se passe quand une personne veut en sauver une autre.

— Ça, je suis déjà au courant, dit la princesse en se rappelant comment elle avait voulu aider le prince et comment il avait réagi.

La princesse et Willie regardèrent le poisson se libérer d'un bond et plonger gracieusement dans la mare avant de disparaître sous l'eau.

— Je vois ce que vous voulez dire, fit la princesse en riant. Les poissons savent très bien s'en sortir.

Ils continuèrent leur chemin au bord de l'eau et virent un homme en tenue de pêcheur, assis sans bouger sur une souche.

— Et celui-là, qu'est-ce qu'il a ? demanda la princesse.

— Je ne sais pas exactement. Il a commencé à faire ça un jour parce qu'il n'arrivait pas à se décider quelle canne à pêche utiliser. Il s'est mis à demander aux gens qui passaient par là ce qu'ils en pensaient et naturellement tout le monde lui a donné un avis différent. Ensuite, il ne savait pas s'il devait utiliser un leurre ou un appât ni où il fallait qu'il s'installe. Il demanda aux gens et, bien sûr, les uns lui dirent de prendre un appât, les autres un leurre, certains de s'installer là, d'autres plus loin, d'autres encore lui répondirent qu'ils n'en savaient rien ou qu'ils s'en moquaient. C'est à ce moment-là qu'il a commencé à devenir nerveux et à faire des allers et retours d'un endroit à l'autre.

Victoria avait l'air perplexe.

— Ensuite, reprit Willie, il a commencé à demander aux gens s'ils pensaient qu'il y avait du poisson. C'est la terre de l'illusion, vous savez, personne n'est sûr de rien. Certains lui dirent que oui, d'autres que non. Finalement, il a arrêté de poser des questions à tout le monde, il s'est assis là et il n'a pas bougé depuis. Je suppose que la seule décision qu'il ait réussi à prendre tout seul, c'était de ne pas en prendre.

— Est-ce que quelqu'un lui a déjà demandé pourquoi il croyait toujours que les autres savaient mieux que lui ? fit la princesse dont certaines bribes de souvenirs semblaient lui taquiner la mémoire.

— Oui, nous lui avons demandé pourquoi il avait tant de mal à se décider tout seul. Il nous a répondu que c'était parce qu'il avait toujours peur de faire le mauvais choix.

— Qu'est-ce que ça peut faire ? dit la princesse prise de pitié pour cet homme. S'il avait pris une canne à pêche plutôt qu'une autre ou s'il s'était aperçu que l'appât qu'il avait choisi ne marchait pas, la terre ne se serait pas arrêtée de tourner pour autant.

Une foule de souvenirs lui revinrent alors en mémoire : les questions qu'elle faisait porter à sa mère par une servante, ses listes de pour et de contre, tout ce malaise qui lui était si familier. Elle réalisa qu'elle aussi avait passé le plus clair de son temps à chercher des réponses auprès d'autrui, qu'elle aussi était angoissée quand il fallait qu'elle prenne une décision car elle avait peur de se tromper.

— Il ressemble davantage à une statue qu'à un homme, dit la princesse.

— Mais il est pourtant bien vivant. Si vous vous approchez, vous verrez sa respiration qui forme un petit nuage dans l'air froid.

— Peut-être qu'il respire, mais vivre, ce n'est pas ça ! Il doit être si malheureux ! s'exclama la princesse qui se sentait de plus en plus triste, non seulement pour cet homme désemparé mais aussi pour elle-même. Et plus elle regardait le pêcheur figé comme une statue, plus elle était envahie par le sentiment de confusion, d'impuissance et d'infinie tristesse qu'elle avait bien connu à l'époque où elle restait des journées entières au lit sans vouloir rien faire.

— Il y a beaucoup de gens malheureux ici qui ne vivent guère mieux que lui, fit Willie. Ils ne savent pas qui ils sont ni ce qu'ils font là. Ils se traînent d'une journée à l'autre, s'inquiètent pour ceci ou pour cela, font bêtise sur bêtise et essaient de comprendre le sens de tout cela mais ils n'y arriveront jamais. Car il y a beaucoup de choses qui n'ont aucun sens sur la terre de l'illusion. Je suppose que c'est pour cela que ça s'appelle la terre de l'illusion.

A ce moment-là arriva une petite créature en short, redingote et gants blancs, avec une ceinture d'où pendait un gros trousseau de clefs. Elle s'avança vers la princesse et lui tendit cérémonieusement, comme s'il s'était agi d'un joyau, une enveloppe sur laquelle était écrit « Invitation » en belles lettres calligraphiées à l'anglaise.

— Qu'est-ce que c'est ? demanda la princesse en levant les yeux de l'enveloppe.

Mais la petite créature était déjà repartie.

— Ce n'est pas ce à quoi ça ressemble, dit Willie.

— Ça arrive vraiment au bon moment ! s'exclama la princesse sans prêter attention à ce qu'avait dit Willie. Nous sommes invités à un banquet et je meurs de faim.

— On dirait que vous n'avez pas beaucoup songé à manger ces derniers temps, dit Willie. Je parie même que ça fait longtemps.

— Comment aurais-je pu ? D'abord, j'étais trop occupée à éviter la noyade, ensuite…

— Quand on se noie, on a besoin de toutes ses forces, déclara Willie comme s'il citait un grand auteur.

— Je suppose que c'est encore votre ami qui vous a dit cela ? fit la princesse.

— Ouais. Comment avez-vous deviné ?

La princesse eut un sourire.

Willie précéda la princesse pour lui montrer le chemin et la prévint une seconde fois que le festin n'allait pas être ce à quoi elle s'attendait. Lorsqu'ils arrivèrent en vue de la fête, la princesse fut transportée d'enthousiasme. Des dizaines d'invités étaient installés à de grandes tables superbement dressées et un joyeux murmure s'élevait du lieu tandis que de petits serveurs en redingote et gants blancs apportaient des plats d'argent posés dans un équilibre précaire sur leurs mains minuscules.

— Quelles sont ces adorables petites créatures ? demanda Victoria à voix basse.

— De méchants lutins. Mais ces gens croient qu'ils sont gentils.

Victoria regarda avidement les belles assiettes en porcelaine et les verres en cristal finement taillé en se demandant ce qui était au menu. Elle s'approcha pour mieux voir.

— Mais les assiettes sont vides ! s'exclama-t-elle quand elle vit avec étonnement que les invités faisaient semblant de manger et bavardaient gaiement entre deux bouchées invisibles. Et ces gens sont si maigres !

— Ouais. Ils sont en train de mourir de faim mais ils ne le savent pas. Ils ne le croient pas non plus quand on le leur dit.

— Mais je ne comprends pas. Pourquoi est-ce qu'ils restent ici et tolèrent une telle chose ?

— Regardez là-dessous, fit Willie en soulevant la nappe.

Victoria découvrit, sur toute la longueur de la table, une rangée de chevilles enchaînées. Cela semblait incroyable.

— Ils sont enchaînés ? Alors pourquoi ont-ils l'air si heureux ?

— Ils ne voient ni les chaînes, ni les clefs qui pourraient les libérer. Et ils sont persuadés qu'on leur sert des repas succulents en remerciement des services extraordinaires qu'ils rendent à la communauté des lutins. On dirait qu'ils n'en font jamais assez pour ces petites créatures.

Tandis que Willie parlait ainsi, les petits serveurs poursuivaient leurs allées et venues et leur service impeccable de plats vides, le trousseau de clefs toujours pendu à la ceinture.

— Mais comment est-ce possible ? demanda la princesse consternée.

— J'ai posé la même question à mon copain et je me souviens encore de sa réponse : « Quand quelqu'un est tenaillé par la faim mais qu'il ne connaît pas la nature de sa faim ni de son vide intérieur, les illusions deviennent son maître et lui leur esclave. »

La princesse continua à regarder cette scène incroyable tout en réfléchissant à ce que venait de dire Willie. Etait-elle devenue l'esclave de ses illusions ? se demanda-t-elle. Son vide intérieur lui avait-il fait croire que le prince était son bon génie alors qu'il n'était qu'un méchant lutin ?

— Il y a beaucoup de gens par ici qui essaient de combler leur vide intérieur, lui dit Willie en se dirigeant vers un groupe de campeurs qui se tenaient à peu de distance de là.

Des femmes et des hommes, jeunes et vieux, étaient assis en cercle sur des cailloux pointus. Certains mangeaient des baies sauvages tandis que d'autres en prenaient de pleines poignées dans une grande vasque en or posée sur un piédestal au milieu du cercle, telle une idole.

— Pourquoi sont-ils assis sur ces cailloux alors qu'il y a de la belle herbe épaisse partout autour de nous ? demanda la princesse en montrant un endroit qui avait l'air bien plus confortable.

— Ils pensent qu'il n'y a que des cailloux partout. C'est l'une des raisons pour lesquelles ils mangent ces fruits.

— Ils ont l'air délicieux. Croyez-vous qu'ils m'autoriseraient à en manger un peu ?

— Mieux vaut ne pas en manger du tout, Mademoiselle. Ces baies engourdissent les gens et ils ne se rendent plus compte de grand-chose, à commencer par les cailloux sur lesquels ils sont assis.

— Que voulez-vous dire par là ?

— Que ces gens ne font pas grand-chose à part manger ces baies et regarder dans le vague. Comme ces deux-là là-bas, fit-il en montrant d'un signe de tête deux jeunes gens assis en tailleur sur un tas de cailloux. Vous voyez ce regard perdu dans leurs yeux ? Ils se croient sur une plage magnifique du Pacifique. Je le sais parce que je leur ai demandé un jour.

Puis Willie montra un autre groupe à Victoria.

— Et regardez ceux-là avec le visage tout ravagé. Ils sont malades de peur à l'idée de manquer de baies juteuses. Ils ne pensent qu'à ça : comment vont-ils pouvoir s'en procurer d'autres ? Ils ne vont pas tarder à sauter partout et à s'agiter dans tous les sens. Ils doivent vraiment être à la recherche d'autre chose que de leurs baies sauvages.

— Et que croyez-vous qu'ils cherchent en réalité ? demanda la princesse qui avait cependant le sentiment de connaître la réponse.

— Une manière d'arrêter de souffrir, d'abord. Ces cailloux doivent leur faire affreusement mal aux fesses et aux pieds.

Une vague de tristesse envahit la princesse.

— C'est vrai que la souffrance fait faire de drôles de choses aux gens, dit-elle. Et le sentiment de vide aussi.

Au moment même où elle disait cela, elle se souvint du grand vide intérieur qui l'avait poussée à avaler des flacons entiers de potion contre la tristesse et à faire du shopping toute la journée. Elle regarda ces gens et eut pitié d'eux car elle savait que leurs baies sauvages ne combleraient pas plus leur vide que sa potion ou son shopping.

Willie secoua la tête et s'éloigna du groupe avec la princesse.

— Ils sont en train de gâcher leur vie. C'est triste à pleurer et une vraie honte, je vous le dis.

— Oui, triste à pleurer et une vraie honte, renchérit la princesse qui se dit qu'elle avait eu son compte de pleurs et de honte.

Elle se dit aussi qu'elle en avait assez d'avoir faim.

— Y aurait-il quelque chose par ici qui puisse satisfaire ma faim ? demanda-t-elle à Willie.

— Il n'y a pas grand-chose pour calmer la faim sur la terre de l'illusion, dit Willie. Mais peut-être que cela vous aidera un peu, ajouta-t-il en la conduisant vers un bel oranger chargé de fruits.

Il cueillit une orange et la donna à la princesse qui s'assit sous l'arbre, adossée au tronc, son sac de voyage posé à côté d'elle. Dès qu'elle commença à éplucher l'orange, l'odeur du fruit la fit saliver.

— Est-ce que tout le monde est malheureux ici ? demanda-t-elle avant de manger une première bouchée.

— Il y a des gens qui vous diront qu'ils sont très heureux. En tout cas, ils le croient. En tout cas, parfois. Et puis il y en a qui croient que tout ici est beau et merveilleux. On les reconnaît facilement parce qu'ils portent des lunettes teintées en rose.

Willie fouilla dans sa poche et en retira son couteau et son morceau de bois qu'il recommença à tailler pendant que la princesse dévorait son orange.

— C'est un drôle de truc, ces verres-là, dit-il en levant les yeux vers elle. Les gens qui les portent passent leur temps à dire que tout est merveilleux et pourtant ils froncent sans arrêt les sourcils. Si vous leur demandez pourquoi, ils disent que vous êtes fou, qu'ils ne froncent pas du tout les sourcils, et pourquoi le feraient-ils quand tout est si beau et merveilleux ?

— C'est pour cela qu'ils restent ici ? Parce qu'ils croient qu'ils sont heureux ?

— Les gens restent ici pour des tas de raisons différentes. La plupart restent par habitude. D'une manière assez tordue, ils sont à l'aise avec la folie, avec le fait de ne pas savoir ce qui est réel et ce qui ne l'est pas, de ne voir que ce qu'ils veulent bien voir, même avec le fait d'être malheureux et de souffrir. De toute façon, ils ne savent pas ce qui peut les attendre ailleurs. Ils ont peur que ce soit pire. Alors ils se disent qu'ils ne vaut mieux pas prendre de risques.

La princesse ne comprit que trop bien à quel point il était facile et tentant de rester dans des lieux familiers même si on y était malheureux. Même si on souffrait. Et en écoutant Willie, elle prit conscience de tout le courage qu'il lui avait fallu pour quitter l'univers qu'elle connaissait pour partir vers l'inconnu : une vague de force et de courage l'électrisa.

— Mais il y a bien des gens qui doivent partir d'ici ? dit-elle en sachant que pour elle aussi le moment était venu de partir.

— C'est sûr, fit Willie. On raconte des tas de choses sur la terre qui s'étend au-delà d'ici et il y a des gens qui rêvent d'y partir. Cependant, il y en a beaucoup qui ne trouvent pas le bon chemin à cause du brouillard et ils en prennent un qui les entraîne encore plus loin sur la terre de l'illusion. Alors ils s'en sortent encore plus mal que lorsqu'ils étaient ici.

— Je sais comment trouver le bon chemin, dit la princesse avec conviction.

— C'est quand même un voyage très difficile. Beaucoup de gens font demi-tour quand ils voient tous les dangers du chemin pour sortir d'ici. Ils disent que la terre de l'illusion les retient par la manche et ne veut pas les lâcher.

— J'ai déjà quitté un endroit qui me retenait et qui ne voulait pas me lâcher et pourtant j'ai réussi à m'en libérer. Et je me suis sortie des pluies torrentielles et d'une tempête en mer où j'ai failli me noyer. J'ai traversé des étendues de sable où je m'enfonçais et de cailloux qui roulaient sous mes pas. J'ai évité d'énormes rochers qui ont failli m'écraser et je connais la solitude et le vide et la peur et je sais ce que c'est d'être perdue. Je me suis sortie de tout cela et de bien d'autres choses, dit la princesse qui était surprise de s'entendre parler avec une telle conviction.

— Même si vous vous en êtes sortie jusqu'à présent, ça ne veut pas dire que vous n'allez pas revenir ici en courant. Il y en a beaucoup qui reviennent. Ils racontent les histoires les plus horribles que vous ayez jamais entendues sur ce qu'ils ont vu.

— Comme quoi par exemple ?

— Comme ce qui est.

— Que voulez-vous dire ?

— Ils ont trouvé ce qui est, la réalité, ce qui existe vraiment. Non pas ce qu'ils veulent ou ce qu'ils pensent ou ce qu'ils croient qui existe, mais ce qui existe vraiment, la réalité des choses. C'est pour cela qu'ils appellent cette contrée la terre de la réalité.

— Et pourquoi veulent-ils fuir cela ? Ce qui existe vraiment, la réalité, c'est la vérité. Et la vérité peut les guérir.

— Ils disent que le remède est bien pire que la mal. Vous devriez voir ceux qui reviennent en courant et qui sont comme fous et qui disent qu'ils n'auraient jamais dû partir. Il leur faut beaucoup de temps pour s'en remettre. Et même quand ils sont remis, ils ne sont plus jamais comme avant.

— Mais moi je ne veux plus être comme avant, dit-elle en pensant à toutes les choses qu'elle devait encore élucider. Par exemple, savoir si oui ou non le prince avait été frappé par un mauvais sort et, si oui, qui le lui avait jeté et pourquoi. Par exemple, qui avait fait quoi à qui quand elle essayait de l'aider. Par exemple, la raison pour laquelle le roi et la reine avaient absolument voulu qu'elle soit comme ils le souhaitaient au lieu de la laisser être elle-même. Par exemple, la raison pour laquelle elle avait cru toute sa vie qu'elle n'était pas comme elle aurait dû être.

Plus elle pensait à ce qu'il lui restait à élucider et plus elle avait hâte d'atteindre la terre de la réalité.

— Il faut que je découvre ce qui est, ce qui a été et ce qui sera, dit-elle en reprenant son sac de voyage. Et tant que je ne l'aurai pas découvert, je ne pourrai pas me reposer.

— Bon, si vous êtes vraiment décidée à partir…

— Je le suis, Willie, fit-elle en lui serrant la main.

— Je pensais bien que vous feriez partie des gens qui repartent. Vous avez beaucoup de courage. J'espère vraiment que vous allez y arriver, dit-il en se dandinant et en baissant timidement les yeux.

— Merci pour tout, Willie.

Elle inspira profondément une première fois, puis une deuxième et écouta son cœur qui lui disait de quitter le camp des voyageurs perdus.

Chapitre Quatorze
La terre de la réalité

C'est dans un brouillard toujours aussi épais que la princesse quitta la camp des voyageurs perdus. Ne sachant pas ce qui l'attendait, elle eut un pincement de cœur en passant devant la panneau « sortie ». Puis elle s'arrêta et regarda autour d'elle. Son inquiétude s'accrut parce qu'elle repensa soudain aux paroles de Willie : *Il y en a beaucoup qui ne trouvent pas le bon chemin à cause du brouillard et ils en prennent un qui les entraîne encore plus loin sur la terre de l'illusion.*

La princesse plissa les yeux pour essayer de percer le brouillard. Elle distingua plusieurs chemins qui semblaient tous difficiles et abrupts. Elle regarda autour d'elle en attendant que son cœur lui indique quel chemin il fallait prendre. Cependant, non seulement son cœur ne lui donna aucune indication mais il se mit à battre plus fort car le doute s'était insinué dans son esprit. Et si elle se trompait de chemin et qu'elle ne trouve jamais la terre de la réalité ? Elle ne supportait pas l'idée de ne pas trouver la vérité sur ce qui est et a été. Et elle ne trouverait jamais le Temple de la Vérité et ne saurait donc jamais ce qu'est le Texte Sacré. Elle ne trouverait jamais non plus ni la paix ni la sérénité et n'apprendrait pas le secret de l'amour vrai.

Elle repensa soudain à ce que lui avait dit Doc : *Fais bien attention aux panneaux indicateurs.*

Mais oui ! Bien sûr ! Les panneaux indicateurs ! Elle regarda en direction de chacun des chemins. Aucun panneau en vue. Pourquoi ? se demanda-t-elle avec angoisse. Pourquoi n'en voyait-elle pas ?

Elle attendit mais elle ne sentait que l'humidité ambiante et n'entendait que les battements de son cœur. Soudain, elle crut entendre Dolly qui lui disait : *La peur et le doute nous empêchent de voir ce qui saute aux yeux.*

Voilà pourquoi ! pensa-t-elle. Parce qu'elle avait peur et qu'elle doutait, elle ne pouvait pas voir les panneaux. La peur et le doute affolaient son cœur qui ne pouvait donc pas lui indiquer le chemin à suivre. Elle s'obligea à se calmer mais plus elle luttait contre la peur et le doute et plus ils grandissaient et plus elle avait peur et elle doutait.

Puis elle se souvint des conseils de Dolly pour surmonter la peur et le doute en mer. Ça devrait marcher tout aussi bien sur la terre ferme. Elle inspira profondément plusieurs fois, souffla doucement et encouragea son corps et son esprit à se détendre. Puis elle attendit calmement que son cœur lui indique le chemin à prendre.

Quelques instants plus tard, son attention se tourna vers le chemin qui se trouvait droit devant elle et son regard se posa sur la silhouette d'un poteau qui se détachait à peine du brouillard.

— Ça doit être ça, dit Victoria.

Elle avança prudemment puis fit encore quelques pas hésitants et se trouva devant un poteau. Elle leva les yeux et vit qu'il portait un panneau où était écrit :

TERRE DE LA RÉALITÉ
TOUT DROIT

— Je ne suis pas sûre de vouloir connaître la réalité, déclara Vicky tandis que Victoria avançait prudemment sur le chemin.

— Vicky ! Où étais-tu ? Je ne t'ai pas entendue pendant que nous étions au camp.

— Non, j'étais occupée à sentir les choses.

— C'est vrai que tu es très douée pour cela.

— Et je suppose que toi tu étais occupée à comprendre les choses et à chercher la vérité. Tu es très douée pour ça, pas vrai Victoria ?

— D'accord, Vicky.

La princesse avançait péniblement au milieu d'énormes racines d'arbres et d'une végétation très dense qui recouvrait complètement le sol. Elle ramassa une branche morte pour s'aider à se frayer un chemin.

— Victoria ? dit Vicky avec douceur.

— Oui ?

— Ce n'était pas de ma faute, hein ? Je veux dire si ni le roi ni la reine ni le prince ne m'aimaient comme je suis.

— Non, Vicky, ce n'était pas de ta faute.

— Mais toi non plus tu ne m'aimais pas comme je suis, ajouta-t-elle tristement. Quand on était au camp, tu as dit que tu le regrettais, c'est vrai ?

— Oh oui, Vicky ! Bien plus que je ne peux l'exprimer, fit Victoria la gorge serrée. Pardonne-moi, Vicky. Je veux t'aimer comme tu es.

— Il n'y a pas de raison puisque personne ne m'aime comme je suis, dit Vicky sur un ton qui piqua Victoria au vif.

— Parce que les pommiers doivent donner des pommes et que les tortues doivent avoir une carapace. Parce que les chenilles sont des papillons en puissance et que tous les chants d'oiseaux sont beaux. C'est difficile à expliquer mais fais-moi confiance. J'y travaille.

Tandis que la princesse avançait sur son chemin, des arbustes épineux s'accrochaient à elle et la retenaient. Elle se souvint alors que Willie lui avait dit que la terre de l'illusion retenait les gens par la manche et ne voulait pas les lâcher. Même si chaque pas représentait un énorme effort, elle fraya son chemin avec encore plus d'ardeur et fit encore plus attention où elle mettait le pieds afin de ne pas trébucher sur les racines.

— Victoria ? dit Vicky d'une toute petite voix.

— Oui ?

— Si tu peux y arriver, peut-être que moi aussi.

— A faire quoi ? s'enquit Victoria.

— A m'aimer comme je suis.

Plus le chemin montait et plus la végétation laissait la place aux cailloux et aux rochers. Le brouillard se levait lentement et la princesse pouvait voir plus loin. Elle espérait que le chemin allait devenir plus facile mais il se fit si escarpé et le sol était si mouillé qu'elle dérapait presque à chaque pas. Et à chaque fois qu'elle glissait, elle s'énervait un peu plus. Tous les deux pas, elle semblait reculer d'un pas. Elle envisagea de nombreuses fois de faire demi-tour mais l'idée du Temple de la Vérité et tout ce que Doc lui avait dit qu'elle y trouverait la poussait en avant.

A force de grimper et de glisser en arrière tous les deux pas, elle finit par être tellement fatiguée qu'elle perdit l'équilibre et tomba dans un buisson piquant qui poussait de façon bien précaire au bord du précipice.

— Ouf ! On a eu chaud ! dit Vicky en regardant vers le précipice.

— Oui, dit Victoria. Pendant un moment, j'ai bien cru qu'on allait retomber tout en bas.

— Tout va bien, dit une voix. Même s'il est fréquent de glisser sur le chemin, on ne retourne jamais à la case départ.

— Doc ! s'écria Victoria qui se dégagea rapidement des feuilles piquantes en roulant au sol. J'ai tellement de choses à vous dire ! Le camp était quelque chose d'incroyable. Et puis vous aviez raison : c'est vrai que mon cœur connaît le chemin. Et puis j'ai appris à empêcher la peur et le doute de… Oh Doc ! Je ne sais pas par où commencer.

— Et comment se fait-il que vous ne soyez pas en train de chanter une chanson en jouant du banjo ? demanda Vicky, l'air déçu. D'habitude, vous jouez et vous chantez toujours à chaque fois que vous apparaissez.

— La vie est trop courte pour passer son temps à faire la même chose, lui répondit Doc. Mais si vous insistez…

Et il sortit son banjo et son canotier de sa sacoche noire.

— *Il y a un magicien merveilleux*
Qui vit sur la terre de la réalité
A propos de ce que je t'ai enseigné
Le magicien, il n'y a pas mieux.

— Je voudrais bien le rencontrer, dit Victoria.

— Ton vœu va bientôt se réaliser, ma chère, lui répondit Doc en lui faisant une grande révérence avec son canotier.

— C'est vrai ? Un magicien ? Nous allons rencontrer un vrai magicien ? s'écria Vicky. A quoi ressemble-t-il ? Est-ce qu'il va nous expliquer tout ce qu'on veut savoir ? Peut-on le voir tout de suite ?

— Le magicien va t'étonner au-delà de tout ce que tu peux imaginer, fit Doc avec un sourire malicieux.

— Il va venir ici ? demanda Victoria.

— Non, c'est toi qui va aller là-bas, sur la terre de la réalité.

— J'en ai entendu parler, mais je ne sais pas où c'est.

— C'est au sommet de la montagne, lui répondit Doc. Tu es presque arrivée. Maintenant, pars, car la partie la plus fascinante de ton voyage t'attend encore, fit-il en s'élevant dans les airs. Continue comme ça, c'est bien, lança-t-il avant de disparaître.

Très excitée à l'idée de sa rencontre avec un magicien et de la proximité de la terre de la réalité, la princesse se mit debout d'un bond, sortit son sac du fourré et reprit une fois encore le chemin de la vérité.

Mais l'effort de l'escalade eut raison d'elle avant qu'elle n'ait pu atteindre le sommet de la montagne. Recrue de fatigue, les muscles endoloris, incapable de faire un pas de plus, elle s'effondra par terre et s'endormit aussitôt qu'elle eut posé la tête sur son sac.

Lorsqu'elle se réveilla, elle avait retrouvé toute son énergie et était pressée de reprendre sa route.

— Ecoute Victoria, murmura Vicky.

— Qu'est-ce qu'il y a ?

— Le silence. Il n'y a personne qui nous crie dessus. C'est bizarre, hein ?

— C'est vrai, lui répondit Victoria, la tête pleine de souvenirs. Et en nous aussi, c'est paisible et silencieux.

Après quelques instants, Vicky parla à nouveau.

— Victoria ?

— Oui ?

— Pourquoi est-ce qu'on tremble encore souvent et qu'on a l'estomac noué et la poitrine oppressée ? Ça fait pourtant longtemps qu'on n'a pas vu M. Hyde.

— Je ne sais pas. C'est peut-être par habitude. Peut-être que la vérité de la terre de la réalité va nous guérir comme nous l'a dit Doc.

La princesse empoigna son sac et reprit son ascension d'un bon pas. Mais lorsqu'elle arriva au sommet de la montagne, il y avait du brouillard et rien ne semblait différent de la terre de l'illusion. Victoria était à la fois déçue et soulagée — déçue parce qu'elle avait hâte de trouver la vérité de ce qui est et a été, et soulagée parce que les mises en garde de Willie lui avaient fait redouter ce qu'elle allait découvrir sur la terre de la réalité.

Soudain, le soleil perça le brouillard et un rayon vint éclairer un grand panneau indicateur qui se trouvait tout près d'elle. Ça doit être ça, pensa-t-elle. Elle se dirigea donc rapidement vers le panneau et lut :

BIENVENUE
SUR LA TERRE
DE LA RÉALITÉ

— Eh bien voilà, prête pour de nouvelles aventures, dit-elle en pensant que le soleil qui avait éclairé le panneau était un vrai clin d'œil.

La princesse regarda l'autre versant de la montagne. La terre de la réalité semblait une contrée assez plaisante. Le temps était dégagé et le flanc de la montagne, couvert de mousse, descendait doucement et de façon plutôt engageante. La princesse ne comprenait pas pourquoi les gens dont lui avait parlé Willie s'étaient découragés et étaient repartis en courant vers le camp des voyageurs perdus. En tout cas, quoi qu'elle trouve désormais, elle était sûre de ne pas vouloir rebrousser chemin. Puis elle pensa aux gens qui n'étaient jamais arrivés jusqu'à la terre de la réalité. Elle n'avait jamais pensé qu'elle était quelqu'un de fort et de déterminé et pourtant il lui avait fallu beaucoup de force et de courage pour arriver jusque là. Cela lui paraissait bizarre de penser à elle en ces termes mais c'était agréable.

Tandis qu'elle poursuivait son chemin, Vicky n'arrêtait pas de lui demander quand elles allaient rencontrer le magicien et Victoria lui répondait à chaque fois qu'elle n'en savait rien.

La princesse arriva devant un gros rocher plat et lisse et fut contente de s'y asseoir. Elle ouvrit son sac de voyage, fouilla à l'intérieur et en sortit son livre de recettes qu'elle tint affectueusement à deux mains. Elle regarda son nom écrit en grosses lettres sur la couverture, le feuilleta et se souvint qu'elle avait souvent douté de sa capacité à écrire un livre et à le faire publier et se remémora tout le travail de réflexion, d'organisation de ses pensées et de recettes à essayer que cela avait représenté.

Puis elle fouilla à nouveau dans son sac et en sortit les petits chaussons de vair gravés à ses initiales que le metteur en scène de Cendrillon lui avait offerts. Elle se souvint qu'au départ elle avait cru qu'elle n'était pas assez douée pour qu'on lui confie le rôle puis qu'elle n'avait pas assez de talent pour bien le jouer. Elle se sentit fière des choses qu'elle avait faites puis elle se dit qu'elle avait le droit de se sentir fière. Elle avait mérité ce droit. Il lui parut bizarre de penser cela. Etait-il possible, se demanda-t-elle, que ce soit à cause d'une influence qu'exercerait sur elle la terre de la réalité ?

La princesse rangea son livre et ses pantoufles dans son sac et repartit. Elle pensait tristement au prince qui l'avait encouragée au début et qui avait cru en elle alors qu'elle-même ne croyait pas à ce qu'elle faisait. Victoria soupira. Si seulement il n'avait pas changé, tout aurait été tellement différent. Plus que jamais, il fallait qu'elle sache la vérité et découvre pourquoi il avait changé.

Il lui semblait encore impossible que le prince soit devenu un monstre. Quand elle pensait à lui, à tout ce qu'il avait représenté et fait pour elle, au son de sa voix, à son odeur, à sa peau, à son sourire qui creusait des fossettes dans ses joues, à ses yeux qui pétillaient pour elle, à la manière dont il lui serrait la main pour lui dire « Je t'aime » en silence, elle en ressentait toujours une vive douleur. Mais à chaque fois qu'elle pensait à lui, elle repensait aussi à toutes les méchancetés qu'il lui avait faites et dites depuis ce jour magique où ils s'étaient rencontrés à la bibliothèque universitaire, et elle recommençait à avoir l'estomac noué et la poitrine oppressée.

— Peut-être que le magicien saura nous dire ce qui lui est arrivé, suggéra Vicky.

C'est à ce moment-là que surgirent brutalement de grosses volutes de fumée blanche qui aveuglèrent la princesse. Elle trébucha, fit la culbute et retomba sur ses pieds devant un panneau. Elle leva les yeux et lut :

FAITES UN VOYAGE
AU PAYS
DE VOTRE PASSÉ

— C'est vraiment rigolo ! dit Vicky qui avait adoré faire la culbute.

Mais Victoria n'était pas d'humeur à être aveuglée par de la fumée ni à faire la culbute.

— Ah tu trouves ? dit-elle.

— Je suis sûre que c'est le magicien ! s'exclama Vicky. Les magiciens apparaissent toujours dans des volutes de fumée, non ?

Mais en guise de magicien, il y avait une vieille femme vêtue d'une grande robe jaune et portant de

214

grosses chaussures qu'elle avait apparemment teintes en jaune pour qu'elles soient assorties à sa robe.

— Oh la la ! fit-elle d'un ton enjoué. Tu ne t'es pas fait de mal au moins ?

— Non, non, ça va, répondit la princesse qui se demandait d'où venait la vieille femme. Je suis juste déçue.

— Et pourquoi donc ?

— Parce que je pensais que… enfin, j'ai été surprise par des volutes de fumée qui m'ont fait culbuter et je pensais que le magicien de la réalité allait apparaître. Je vois que je me suis trompée.

— C'est vrai que tu te trompes parfois, dit la vieille femme. Mais pas cette fois-ci.

— Que voulez-vous dire ?

— Je veux dire que tu avais raison. La fumée annonçait la venue du magicien de la réalité.

— Alors où est-il ? demanda la princesse en regardant tout autour d'elle.

— C'est moi, répondit la vieille femme qui avait l'air très amusée.

— Comment cela ! Ça ne peut pas être vous puisque vous n'avez même pas de barbe.

— Il y a beaucoup de gens qui me font cette remarque. C'est pourquoi je me munis toujours de cet accessoire, dit-elle en tirant de son gros carnet bourré à craquer une espèce de longue masse de poils gris et emmêlés qu'elle balança sous le nez de la princesse.

Victoria regarda la vieille femme d'un air sceptique.

Elle faisait une bien pauvre magicienne si tant est qu'elle le soit vraiment. Elle n'était même pas capable d'apparaître correctement dans des volutes de fumée.

— Et la fumée ? demanda la princesse.

— C'est ce à quoi s'attendent les gens.

— Peut-être. Mais je ne crois pas qu'ils s'attendent à ce qu'on leur souffle de la fumée en pleine figure.

— Ecoute. En fait, j'étais en train d'apprendre à l'un de mes élèves à maîtriser la technique. Apparemment, il faut qu'il s'entraîne encore. Je suis vraiment désolée. Au fond de ton cœur, trouves-tu du pardon à nous accorder ?

— Oui, je suppose, dit la princesse avec une certaine réticence.

— Je suis tellement contente que tu aies dit cela, lui répondit la vieille femme. C'est un bon entraînement pour toi. Maintenant que tout cela est réglé, permets-moi de t'accueillir officiellement sur la terre de la réalité.

— Je vous remercie. Mais êtes-vous absolument certaine d'être la magicienne de la réalité ? lui demanda la princesse qui n'était toujours pas convaincue.

— Bien sûr que oui. D'ailleurs je peux te montrer mes papiers et mes certificats, dit-elle en sortant une liasse de papiers de son sac à main qui était aussi bourré que son carnet de notes et en tendant à Victoria une carte qui avait une apparence très officielle. Voici ma carte d'identité avec ma photo.

La princesse regarda attentivement la carte. Elle n'en croyait pas ses yeux. Il y avait bel et bien une photo de la vieille femme, son titre officiel, Magicienne de la Réalité, et son adresse, Terre de la Réalité.

— Et voici la preuve de mon affiliation à l'Ordre national des Magiciens. Tu vois que le timbre est bien celui de l'année en cours. D'ailleurs, l'année dernière, c'est moi qui ai eu la présidence. Tu veux voir mes autres papiers ? demanda-t-elle à Victoria en lui tendant toutes sortes de documents.

— Non, je vous remercie, lui dit la princesse. Je suis désolée de ne pas vous avoir crue mais je pensais que les magiciens étaient… enfin, vous voyez ce que je veux dire.

— Oui, je sais. Ce n'est pas grave. Les nouveaux ont en général quelques problèmes avec la réalité.

— Que voulez-vous dire ?

— Oh, simplement qu'ils ont des idées préconçues sur ce à quoi les choses doivent ressembler ou comment elles étaient avant ou seront à l'avenir. Mais nous reparlerons de tout cela une autre fois. Là où je veux en venir, c'est que ces idées préconçues empêchent les gens de voir la réalité, les choses telles qu'elles sont. C'est parfois assez grave. J'ai ainsi rencontré des gens qui ont refusé de croire que j'étais la magicienne de la réalité même après avoir vu mes papiers et été témoins de la démonstration de mes pouvoirs.

La princesse resta quelques instants pensive.

— J'ai parcouru beaucoup de chemin pour apprendre la réalité de ce qui est et a été et je ne voudrais pas que quelque chose s'interpose entre moi et ce que je veux découvrir.

— Parfait. Alors tu trouveras la vérité que tu cherches.

Une fois qu'elle eut accepté qu'elle était bel et bien en présence d'une vraie magicienne, la princesse posa les questions qui la tourmentaient depuis longtemps.

— Pourquoi suis-je trop délicate, trop sensible ? Pourquoi ai-je peur de mon ombre ? Pourquoi ne pensais-je qu'à rêver ? Qui a jeté un mauvais sort à mon prince charmant ?

La magicienne l'écouta attentivement et attendit que le flot de questions s'amenuise pour pouvoir parler à son tour.

— On ne peut jamais apprendre la vérité de quelqu'un d'autre. Ça ne marche pas. On peut seulement l'apprendre par soi-même, dit-elle. Je pense que le Docteur Hoot a déjà dû t'expliquer tout cela ?

— Vous le connaissez aussi ? s'exclama la princesse. Eh bien, il en voit du pays ! Mais je croyais qu'une fois que je vous aurais rencontrée, j'apprendrais la vérité sur ce qui est et a été.

— Ça va venir. Mais tu te fais une fausse idée sur la manière dont travaillent les magiciens de même que tu te faisais une fausse idée sur ce à quoi ils devaient ressembler. Les magiciens consacrent leur vie à aider les gens à voir la vérité par eux-mêmes. A propos, tu as une pièce de théâtre à voir. Allez, viens.

— Une pièce de théâtre ! J'adore le théâtre. Un jour, j'ai joué le rôle de Cendrillon.

— Oui, je sais. Et tu l'as extraordinairement bien

joué. Et ce n'était pas la seule fois. Allez, viens, tu vas voir ce que je veux dire.

La princesse se leva, attrapa son sac, qui l'avait suivie dans sa culbute, et se dirigea avec la magicienne vers le pays de son passé.

Chapitre Quinze
Voyage au pays du passé

Tandis qu'elle avançait le long d'une petite rue pavée en compagnie de la magicienne, la princesse eut l'impression qu'elle avait été transportée dans un autre pays, à une autre époque. La rue était bordée de charmantes maisons à colombages dont certaines étaient couvertes de lierre. Les maisons étaient séparés par des pelouses et partiellement ombragées par d'antiques marronniers.

— Dans cette rue, tous les efforts ont été déployés pour aider les gens à retrouver la vérité de leur passé, dit la magicienne. Je suis sûre que ce décor va t'aider aussi.

Elles arrivèrent devant ce qui ressemblait à une vieille épicerie de campagne.

— Voici « La Vieille Boutique », annonça la magicienne comme si elle menait une visite guidée.

— Et quel genre de boutique est-ce ? demanda la princesse.

— Une brocante. Beaucoup de nos visiteurs la trouvent très intéressante.

Elles virent ensuite une maison avec un balcon et une grande porte en chêne. Le lierre avait été taillé pour dégager l'enseigne : « A l'Auberge des Souvenirs ».

— Il y a des gens qui descendent à l'Auberge des Souvenirs ? demanda la princesse qui s'inquiétait que son séjour puisse durer plus longtemps que prévu ?

— Oui, aussi longtemps qu'il le faut.

— C'est-à-dire ?

— Peu de temps pour certains, assez longtemps pour d'autres. Certaines personnes nous causent cependant quelque inquiétude car elles rechignent à partir. Il faut alors qu'on redouble d'attention à leur égard ; c'est en effet assez grave de rester coincé dans son passé.

Elles arrivèrent ensuite devant une bâtisse qui était manifestement un théâtre, avec son affiche, posée sur un grand chevalet en bois, qui annonçait la pièce qu'on jouait en ce moment :

LE THÉÂTRE DE L'HÉRITAGE
présente
LES MARIONNETTES DU PASSÉ
une aventure dont vous vous souviendrez
avec
LA PRINCESSE VICTORIA dans le rôle principal
et
le Roi, la Reine et le Prince

La princesse était abasourdie.

— Mais c'est moi qui joue dans cette pièce ! Vous m'avez dit que j'allais voir une pièce, pas que je devais la jouer !

— C'est une représentation de la mise en scène originale dans laquelle tu as joué toute ta vie. Elle va t'expliquer tout ce qui s'est passé et ce qui se passe aujourd'hui à cause de ce qui s'est passé hier. Dépêchons-nous, ça va bientôt commencer.

Mais la princesse resta figée sur place, les yeux rivés au sol.

— Qu'y a-t-il, ma chère ? demanda la magicienne.

La princesse frissonna.

— Et si… et si je découvre que… ça fait tellement longtemps que j'attends ce moment, vous comprenez, et si…

— Sur la terre de la réalité, il n'y a pas de « et si ». Il y a seulement ce qui est, ce qui existe réellement. Et la réalité fait encore plus mal quand on l'ignore.

— J'espère que je vais aimer ce que je vais découvrir, dit la princesse avec inquiétude.

— Il est très probable que tu aimes certains aspects de la vérité et que tu en détestes d'autres. Mais que cela te plaise, te déplaise ou te laisse indifférente, ce qui existe, existe. Et le fait que tu ne connaisses pas la vérité n'y change rien. Simplement la vérité tire les ficelles de ta vie sans que tu puisses y faire quelque chose.

— Faut-il vraiment que je fasse cela ? demanda la princesse.

— On vit sa vie en regardant vers l'avenir mais on la comprend en regardant vers le passé. Tu as attendu longtemps pour comprendre. Le choix t'appartient maintenant.

La princesse inspira profondément et fit un signe de tête à la magicienne qui la prit doucement par la main et l'entraîna à l'intérieur du théâtre.

— Bien, très chère, dit la magicienne en prenant place à côté de la princesse. Il faut que tu sois mise au courant d'un détail important. Tu vas être témoin de scènes et entendre des dialogues mais tu vas aussi prendre conscience de ce que les gens pensent ou ressentent.

— Vous voulez dire que je vais entendre ce qu'ils se disent dans leur tête ?

— Oui, et sentir ce qui se passe dans leur cœur.

La magicienne claqua des doigts et le théâtre fut plongé dans l'obscurité.

— Que la pièce commence ! ordonna-t-elle en levant les bras.

Des volutes de fumée blanche envahirent la scène puis laissèrent apparaître un chevalet en bois avec un panneau où était écrit : ACTE I.

La magicienne claqua à nouveau des doigts et une petite fille, l'air triste et esseulé, apparut sur scène. La princesse la reconnut immédiatement car son portrait était accroché dans le salon du palais de ses parents. C'était la reine lorsqu'elle était enfant. La princesse fut amusée de voir la vie de sa mère se dérouler sous ses yeux et cela lui parut étrange de savoir tout ce qu'elle pensait et ressentait.

La princesse vit grandir la petite fille. Elle la vit avec ses parents et avec ses amis, chez elle et à l'école. Elle ressentit ses espoirs et ses rêves, ses joies et ses peines, ses peurs et ses doutes. Elle rit et pleura en même temps qu'elle. Et, tandis que le premier acte touchait à sa fin, la princesse comprit pour la première fois comment la reine était devenue la femme, la souveraine, l'épouse et la mère qu'elle connaissait.

La magicienne claqua à nouveau des doigts et un nouveau panneau apparut sur le chevalet pour annoncer le deuxième acte. La princesse fut immédiatement absorbée par les épreuves et les succès d'un petit garçon qu'elle ne tarda pas à identifier : c'était le roi. Elle partagea aussi ses joies et ses peines, se sentit blessée quand il l'était, se réjouit avec lui quand il se réjouissait. Et elle comprit bien vite comment le roi était devenu l'homme, le souverain, l'époux et le père qu'elle connaissait.

Le troisième acte s'ouvrit sur une scène où l'on voyait la reine qui tenait un nourrisson dans ses bras que le roi regardait affectueusement. Au fur et à mesure du troisième acte, la princesse revécut de nombreuses expériences de sa jeunesse, certaines si douloureuses qu'elle les regarda en sanglotant en silence. D'autres la laissèrent plutôt indifférente et d'autres encore qu'elle avait complètement oubliées. Elle vit Vicky dans toute la splendeur de son innocence et aussi dans les moments les plus sombres. A la fin du troisième acte, la princesse avait compris comment elle était devenue la femme, la fille et l'épouse qu'elle était.

La princesse fut soulagée que le moment de l'entracte soit arrivé. Elle était submergée par une telle vague de tristesse qu'elle n'aurait pu en supporter davantage. Elle discuta avec la magicienne et, au fil de la conversation, sa tristesse se transforma en colère. Mais, comme il était difficile d'assumer sa colère pour une princesse qui avait été élevée selon le protocole royal, elle passait sans arrêt de la colère à la tristesse et vice versa.

Enfin, encouragée à le faire par la magicienne, la princesse laissa éclater sa colère — contre ses parents et contre tous les gens qui lui avaient dit qu'elle n'était pas bien telle qu'elle était. Elle s'en voulait de les avoir crus et elle se sentait culpabilisée d'être en colère. Et elle s'en voulait de se sentir culpabilisée par sa colère. De temps en temps, elle avait aussi la tête complètement vide et ne savait plus de quoi il était question.

La magicienne lui dit que c'était parfaitement normal pour quelqu'un comme elle qui avait été habituée depuis son enfance à condamner ses sentiments. Elle lui dit aussi que c'était une expérience difficile pour une princesse de voir le roi et la reine tomber de leur piédestal pour se comporter comme de vulgaires roturiers.

— Mais peut-être qu'ils ne pouvaient pas s'empêcher de me faire ce qu'ils m'ont fait, dit la princesse qui, se souvenant de ses parents, se sentait encore plus culpabilisée de leur en avoir voulu pour ce qu'ils lui avaient fait.

— Il est vrai que chacun fait de son mieux avec les outils dont il dispose et les souffrances qu'il porte en soi, lui répondit la magicienne. Et il est bon d'avoir de la compassion pour eux. Cela nous permet d'avoir de la compassion pour nous-mêmes aussi. Mais sache que ce qui t'est arrivé n'est pas acceptable. Rien ne peut excuser le fait de t'avoir dévalorisée, fait douter de tes pensées et de tes convictions et obligée à renier tes sentiments. Tu n'as rien fait pour mériter ça.

La princesse continuait à être assaillie par un tourbillon de douleur, de colère, de sentiment de culpabilité et de tristesse.

— D'où viennent tous ces sentiments ? demanda-t-elle.

— Généralement, les sentiments ont les mêmes racines que les gens qui les nourrissent.

La princesse pleura alors à chaudes larmes puis, épuisée, s'endormit dans les bras de la magicienne.

***

— Réveille-toi, lui dit la magicienne quelque temps plus tard. Le quatrième acte va bientôt commencer.

La princesse se prépara à ce à quoi elle s'attendait : voir l'enfance du prince. Dès qu'il apparut sur scène, elle fut fascinée par le petit garçon qui, elle le savait, allait devenir son prince charmant. Elle assista comme si elle y était aux bons et aux mauvais moments de sa vie. Elle fut le témoin de ses épreuves et de ses victoires. Elle vécut ses luttes avec lui et elle vit comment il avait appris à blaguer pour surmonter ses peines. Rivée à son siège, la princesse vit les débuts du mauvais sort qui finit par transformer le chevalier blagueur qu'elle aimait tant en un affreux M. Hyde.

A la fin du quatrième acte, la princesse regarda intensément la magicienne.

— J'ai vraiment du mal à le croire. J'ai toujours pensé que le vrai prince était mon doux, mon tendre, mon merveilleux chevalier blagueur et que M. Hyde n'était que le résultat d'un mauvais sort qui avait été jeté au prince. Je n'ai jamais pensé une seconde que le vrai prince puisse être ces deux personnages à la fois.

227

— Telle est la nature de M. Hyde. C'est aussi la nature des contes de fées qui paraissent plus vrais que la réalité.

La magicienne claqua une nouvelle fois des doigts et le cinquième acte commença sur la bibliothèque universitaire tandis que la princesse plongeait son regard dans les yeux les plus bleus qu'elle ait jamais vus. En regardant cette scène, elle se sentit aussi émue que la première fois. Elle revécut tout le bonheur et toute la souffrance de sa vie avec le prince. Mais cette fois-ci, elle comprit ce qui se passait et pourquoi. Même si c'était un soulagement d'avoir tout compris, cela ne la délivra ni de la douleur ni de la colère ni du manque qu'elle ressentait en son absence.

Elle en parla avec la magicienne jusqu'à ce qu'elle s'écrie :

— J'en veux énormément au prince d'avoir détruit mon conte de fées, d'avoir trahi ma confiance et mon amour !

— Je le sais bien, ma chère, lui répondit la magicienne avec compassion. Y a-t-il quelqu'un d'autre à qui tu en veuilles autant ?

— Oui ! Je m'en veux à moi ! hurla la princesse en serrant les poings.

— Je m'en veux énormément de l'avoir laissé me faire autant de mal pendant si longtemps.

La princesse laissa libre cours à sa furie jusqu'à ce qu'elle atteigne le paroxysme de la colère. Alors, lentement, la colère se dissipa et la libéra du fardeau qu'elle avait porté pendant si longtemps.

Elle repensa aux scènes où elle avait vu grandir le prince.

— En fait, dit-elle, il était en colère contre beaucoup de choses avant même de me rencontrer. Je n'avais aucune chance. Il s'est servi de l'amour que j'avais pour lui pour me faire du mal et il a pris plaisir à me voir souffrir. Mais j'ai mis très longtemps avant de me décider à le quitter.

— Les gens deviennent les victimes de victimes quand leur besoin d'être aimé est plus fort que leur besoin d'être respecté, lui répondit la magicienne. En général, les gens ont ce dont ils se contentent, ni plus ni moins.

— Peut-être se contentent-ils de ce à quoi ils sont habitués, dit la princesse en se souvenant de l'amour qu'elle éprouvait pour le roi et la reine et de la souffrance qui faisait partie intégrante de cet amour.

— C'est vrai. Les gens recherchent ce qu'ils connaissent. Ce qui est familier est plus confortable.

— Même si c'est une lutte de tous les instants ?

— Surtout dans ce cas-là. Le temps passe, les gens changent. Mais ils essaient toujours désespérément de bien faire, de s'en sortir, de finir ce qu'ils ont commencé. Malheureusement, ils continuent généralement à utiliser la même méthode que la première fois, et qui n'avait pas marché.

La princesse, mal à l'aise, s'agitait sur son siège.

— C'est ce que faisait le prince ? Il disait qu'il ne pouvait pas s'empêcher de devenir M. Hyde.

— Peut-être. Néanmoins, c'est toujours par choix qu'on traîne son fardeau de souffrance, et c'est un choix irresponsable. Chacun est responsable de ses actes et c'est à chacun de gérer son héritage de souffrance pour ne pas l'infliger à autrui. Les portes du Théâtre de l'Héritage sont ouvertes à tous.

— Si seulement il était venu ici il y a longtemps, dit la princesse d'un air sombre, peut-être aurait-il pu aller mieux et les choses se seraient-elles passées différemment.

— Peut-être. Mais il y a des gens qui ont trop peur pour regarder en face ce qu'ils verraient ici et qui rechignent à faire ce qu'ils ont à faire.

La princesse fronça les sourcils.

— Quel gâchis ! Toutes ces années à trembler, à avoir l'estomac noué et la poitrine oppressée, à se sentir désemparée, impuissante, malade et fatiguée.

— Quand on laisse les autres juger à sa place, on renonce à son pouvoir.

— Ça doit être facile pour vous de garder votre pouvoir. Vous en avez tant.

— Toi aussi, ma chère. Mais comme pour tout pouvoir, il faut le reconnaître et l'exercer, sinon il reste en veilleuse.

La princesse respira profondément et s'efforça de se détendre.

— Si j'ai tant de pouvoir, pourquoi ai-je le sentiment que j'aime encore le prince, même maintenant avec tout ce que je sais.

La magicienne prit dans les siennes les mains tremblantes de la princesse.

— Savoir est une chose. Avoir des sentiments en est une autre. Il faut parfois beaucoup de temps pour que les sentiments rattrapent la connaissance. Sois patiente, ça viendra.

La princesse réfléchit à ce que la magicienne venait de lui dire. Il y avait vraiment matière à réflexion.

Puis la princesse pensa à une autre question dont elle avait longtemps cherché la réponse :

— Je l'ai aimé de tout mon cœur et de toute mon âme et pourtant, il disait que cela ne lui suffisait pas. Pourquoi ?

— Dix princesses qui l'auraient aimé comme toi n'auraient pas suffi à le satisfaire. Il est fréquent que les gens comme le prince, qui se croient indignes d'être aimés, doutent de l'amour que les autres ont pour eux. Ils n'arrivent pas à croire qu'on puisse les aimer.

La princesse fondit en larmes. Elle pleura de plus en plus fort et sanglota sans pouvoir s'arrêter à cause de la souffrance et de la futilité de tout cela.

Bientôt, Victoria prit conscience de la petite voix tremblante de Vicky qui lui dit en reniflant :

— Il faut qu'on fasse attention à ne pas inonder le théâtre. Tu te souviens de ce qui est arrivé la dernière fois qu'on a pleuré si fort ? on a failli se noyer.

Victoria la rassura.

— C'était avant qu'on apprenne à nager. Maintenant, même s'il y a beaucoup d'eau, on n'a plus à craindre de se noyer.

— Les leçons bien apprises sont source d'une grande paix, dit la magicienne en caressant les cheveux de la princesse qui avait toujours la tête baissée.

— Je voudrais bien être en paix à propos de tout ce qui m'est arrivé.

— Tu le peux.

— Comment ? demanda la princesse en levant les yeux vers le bon visage de la magicienne.

— En étant disposée à le faire.

— Disposée à faire quoi ?

— A continuer à accepter tout ce que tu ressens à propos de ton passé jusqu'à ce que ces émotions et ces sentiments perdent leur pouvoir sur toi. En étant prête à rassurer et à réconforter Vicky au lieu de lui faire sans arrêt des reproches. En étant prête à te pardonner de n'avoir pu faire mieux à l'époque puisque tu faisais de toute façon de ton mieux.

La princesse s'essuya les yeux avec le mouchoir que lui tendit la magicienne.

— Je ne comprends pas pourquoi tout cela s'est passé.

— La vie est difficile. Des gens arrivent dans la vie d'autres gens et laissent une empreinte indélébile dans leur cœur et ces gens ne sont plus jamais comme avant. Mais c'est parfois une bonne chose de ne plus être comme avant.

— Je ne comprends pas que cela puisse être une bonne chose d'avoir été blessée.

— N'as-tu pas mûri et n'as-tu pas appris ce qu'était l'amour et ce qu'il n'était pas ? N'as-tu pas appris à mieux te connaître ? N'as-tu pas appris à trouver au fond de toi une force dont tu ne soupçonnais même pas l'existence ?

— Si, je suppose, fit la princesse.

— Toute relation, toute expérience recèle un trésor. Plus vite tu découvres l'existence de ce trésor et plus vite tu sors de la souffrance.

— Doc m'a dit un jour que les épreuves de la vie contenaient une occasion d'apprendre quelque chose sur la vérité. Mais je ne vois toujours pas pourquoi il faut que je souffre pour apprendre.

— La douleur est un bien meilleur professeur que le plaisir. Pense que tu es en apprentissage, ainsi tes expériences de vie deviendront des leçons à apprendre. Et de cet apprentissage naîtra la sagesse qui rend la vie plus riche, plus féconde et plus facile.

La princesse secoua la tête.

— Ce sont des leçons vraiment difficiles.

— Oui, mais c'est ainsi qu'on apprend le mieux. La souffrance peut agrandir ton cœur et il fera ainsi davantage de place à l'amour et à la joie.

La princesse soupira.

— L'amour et la joie ? Je ne sais pas mais après tout ce qui s'est passé…

— La manière dont tu as vécu hier détermine ton présent. Mais la manière dont tu vis aujourd'hui détermine ton avenir, dit la magicienne. Chaque jour est une occasion nouvelle d'être comme tu veux être et de vivre la vie que tu souhaites. Tu n'es plus obligée de rester figée dans des anciens préjugés. Comme tu as pu le voir, ils proviennent d'autres personnes que toi et d'une époque révolue.

La magicienne posa les mains sur les épaules de la princesse qui leva les yeux vers elle et son regard la réchauffa.

— Ecoute-moi bien. Ce que je vais te dire maintenant est de la plus haute importance, dit la magicienne avec beaucoup d'intensité dans la voix. Les années ont passé. Les dangers sont passés. Tu peux être toi-même en toute sécurité.

Chapitre Seize
La vallée de la perfection

En sortant du théâtre en compagnie de la magicienne, la princesse médita ce qu'elle venait d'entendre.

— Voulez-vous dire que je n'ai plus besoin d'essayer de changer, que je suis bien comme je suis ?

— Tu es plus que bien, lui répondit la magicienne. Tu es parfaite.

— C'est ce que j'ai essayé d'être toute ma vie, fit la princesse étonnée de ce qu'elle venait d'entendre. Mais, quoi que je fasse, j'étais toujours trop délicate, trop sensible et apeurée et je rêvais de choses qui ne pouvaient probablement pas arriver.

— N'as-tu jamais pensé que tu étais peut-être sensée être ainsi ?

La princesse soupira.

— Si, ça m'est arrivé mais j'avais du mal à y croire. Je ne sais pas vraiment ce que j'étais sensée être. Ni qui ni pourquoi.

— Il est temps de le savoir, ne crois-tu pas ? Bien heureusement, nous nous dirigeons vers un endroit parfait, dit la magicienne en mettant sa main devant sa bouche pour réprimer un petit rire espiègle qu'elle ne parvint cependant pas à étouffer complètement. Allez viens, je veux te montrer quelque chose.

La magicienne emmena la princesse au sommet d'une grande colline.

— Permets-moi de te présenter l'un des plus beaux paysages au monde, la vallée de la perfection, dit-elle en ouvrant les bras comme pour embrasser la beauté du spectacle qui s'offrait à leurs yeux.

— La vallée de la perfection ? Vous voulez dire que tout ce qui est là, en bas, est parfait ?

— Oui, absolument tout.

Entouré de la végétation la plus luxuriante que la princesse ait jamais vue, se trouvait un lac plus bleu que les yeux du prince. Les rayons du soleil dansaient sur l'eau. Des massifs de fraisiers et de fleurs sauvages poussaient çà et là en toute liberté dans un délicieux mélange de parfums qui s'élevaient jusqu'au sommet de la colline. Les écureuils s'amusaient dans les arbres au milieu des papillons et le chant des alouettes et des merles résonnait dans l'air. Tout avait l'air frais, propre, comme si une pluie fine eut lavé le paysage.

— Si seulement je pouvais atteindre cette perfection ! dit la princesse impressionnée par la beauté sans tache qui s'offrait à ses yeux. Pouvons-nous descendre dans la vallée ?

— Bien sûr, dit la magicienne qui la conduisit par le chemin qui descendait en pente douce vers la vallée.

Tout en marchant, la princesse regardait le paysage. Mais plus elle avançait et plus elle voyait que les choses n'étaient pas aussi parfaites qu'elles en avaient eu l'air depuis le sommet de la colline. Et plus elle remarquait d'imperfections et plus elle était déçue.

— Je croyais que vous m'aviez dit que tout était parfait dans cette vallée. C'est vrai que c'est joli ici mais quand on regarde de près, ça n'a rien de parfait. Les feuilles paraissent moins vertes et les arbres sont tout à fait ordinaires. L'eau du lac n'est pas aussi transparente et puis il y a plein de vermine partout. Il n'y a que ça qui ait l'air bon, dit-elle en cueillant une belle grosse fraise rouge qu'elle montra à la magicienne. C'est vraiment la seule chose qui ait encore l'air parfait.

Mais quand la princesse mordit dans le fruit à l'apparence succulente, sa bouche et son visage se tordirent dans une grimace.

— Elle est aigre ! Il n'y a rien de parfait ici ! Rien du tout !

— Tu es très douée, ma chère, pour ternir la majesté et la beauté de ce qui est.

— Ce n'est généralement pas le cas. Mais vous m'aviez dit que tout ici était parfait et ce n'est pas vrai. Je suis déçue. Je pensais que…

— La perfection, comme la beauté, est dans les yeux de celui qui regarde.

La princesse était perplexe.

— Mais n'importe qui peut voir que ni les buissons ni les arbres ni le lac ni les fraises ne sont parfaits.

Elle baissa les yeux puis ajouta à voix basse :

— Mais peut-être qu'en fait rien ni personne n'est parfait. Ni le roi ni la reine ni le prince ni moi — ni même l'amour ni mon conte de fées.

— Toutes les choses sont comme elles doivent être, dit la magicienne d'un ton rassurant. Ce qui est imparfait, c'est ta manière de percevoir la perfection.

La magicienne continua à parler mais la princesse l'écouta à peine car elle était perturbée par l'idée que même sa manière de percevoir la perfection soit imparfaite.

— Les rochers sont durs, l'eau est mouillée et il arrive parfois que de belles fraises bien rouges soient aigres. Ce qui est, est. Et partout dans la nature, les choses sont et font ce pour quoi elles ont été conçues.

— Et moi, j'ai été conçue pour être imparfaite !

— Bien au contraire, tu as été conçue pour remplir parfaitement la mission que l'univers t'a confiée.

La princesse secoua la tête.

— Je ne sais rien de cette mission mais ce que je sais, c'est que j'ai essayé de me convaincre que j'étais bien comme je suis mais il y a tant de choses en moi que j'aimerais changer.

— La partie la plus profonde de toi-même, celle qui fait un avec le tout, est parfaite, expliqua la magicienne. Elle l'a toujours été et le sera toujours. La perfection est un don qui nous vient de la nature. Ce n'est pas quelque chose que tu dois mériter. C'est ton état d'être, quels que soient les aspects de toi-même que tu souhaites changer.

La princesse repensa à toutes les années où elle avait essayé d'être parfaite dans tous les domaines.

— Vous voulez dire que j'ai toujours été parfaite ?

— Précisément. Tu fais partie de tout ce qui est, tu es une partie du tout. Et tout ce qui est, est parfait dans sa supposée imperfection.

— Mais le fait que je sois trop délicate, trop sensible, que j'aie peur de tout, que je rêve de choses qui ne pourront probablement jamais arriver ? Et mes listes de pour et de contre ?

— Une fois que tu auras accepté qu'il est miraculeux que tu sois qui tu es, une fois que tu t'aimeras sans condition, il te sera plus facile de changer certains aspects de toi-même. Mais certains traits de ton caractère que tu souhaitais changer, que tu considérais comme des faiblesses ou des ennemis, sont justement tes fidèles serviteurs, dit la magicienne. C'est grâce à ces traits de caractère que tu es qui tu es. Un être unique, parfait, qui ne ressemble à aucun autre, qui n'a jamais eu et n'aura jamais son pareil.

L'esprit de la princesse commença à s'emballer. Etait-ce possible ? Elle repensa à toutes les années qu'elle avait passées à lutter contre ses traits de caractère. Aux centaines, aux milliers, peut-être aux millions de fois qu'elle avait été en colère contre elle-même parce qu'elle n'était pas à la hauteur de son idéal.

— Parfois, j'ai même pensé que je n'étais pas digne d'être aimée, dit-elle la lèvre tremblante.

— Pauvre petite, dit la magicienne qui la prit par les épaules et la regarda droit dans les yeux. Tu as toujours été digne d'être aimée, non pas à cause de ce que tu as pu dire ou accomplir mais tout simplement parce que tu es un enfant de l'univers. Le temps est venu d'honorer ce que tu as dévalorisé toute ta vie.

La magicienne prit les mains de la princesse dans les siennes et poursuivit :

— Il est temps de célébrer ta délicatesse qui est pareille à celle des roses du palais. Il est temps de célébrer ta sensibilité qui t'a permis de t'ouvrir aux plaisirs de l'univers car quelqu'un qui ressent profondément la douleur ressent aussi profondément la joie. Il est temps de célébrer tes peurs qui t'ont permis de développer la force et le courage d'un vaillant chevalier. Il est temps de célébrer les rêves qui révèlent les désirs de ton cœur et t'indiquent la mission que l'univers t'a confiée.

Avec une infinie bonté, la magicienne continua ainsi à révéler à la princesse tous les aspects de la vérité.

La princesse avait l'impression qu'elle était suspendue hors du temps et de l'espace. Sa poitrine s'allégea peu à peu et tout commença à prendre une autre signification. Elle pensa à toutes les épreuves qu'elle avait traversées et à tout ce qu'elle avait appris. Elle réalisa qu'elle avait grandi et qu'elle s'était épanouie, et qu'elle en était là aujourd'hui grâce à ce qu'elle avait été avant. Elle repensa à tout cela et elle se sentit bien.

Soudain, tout lui parut différent dans la vallée. Les rayons du soleil éclairaient le merveilleux de tout ce qui était. Les arbres et les buissons devinrent plus verts. Le lac devint plus bleu et le parfum des milliers de fleurs devint plus suave. La princesse regarda les écureuils et les papillons et écouta le chant des oiseaux. Tout lui parut aussi frais et neuf que si elle voyait la scène pour la première fois. Elle fut soudain emplie d'un sentiment d'amour intense.

— Je me sens plus belle aujourd'hui que jamais auparavant, sauf peut-être quand j'étais toute petite, dit-elle en essayant de se souvenir de ses premières années.

— Quand tu cherches la beauté des choses, tu commences aussi à voir la beauté en toi, lui répondit la magicienne. Si tu cherches la beauté dans ce qui est, tu la trouveras. Mais si tu cherches l'imperfection, c'est cela que tu trouveras.

A ce moment-là, la princesse prit conscience d'une petite voix qui lui était familière.

— Victoria ?

— Oui ? fit Victoria, un nœud dans la gorge.

— J'avais raison sur une chose, dit Vicky.

— Quoi donc ?

La réponse mit quelques instants à venir.

— Sur le fait de réussir à m'aimer si toi tu pouvais m'aimer comme je suis.

Des sanglots de joie montèrent par vagues : Vicky et Victoria rirent et pleurèrent jusqu'à être inondées par les larmes de leur joyeuse émotion.

— Cette fois-ci, on n'a pas à craindre de se noyer, hein, Victoria ? fit Vicky avec jubilation. On ne va jamais se noyer parce qu'on est ensemble et parce qu'on sait nager, hein, Victoria ?

— Oui, Vicky.

La princesse eut une sensation de calme telle qu'elle n'en avait jamais connue auparavant.

— C'est comme si j'étais rentrée chez moi.

— Mais c'est le cas, lui répondit la magicienne. Tu es rentrée chez toi et tu as retrouvé une famille que tu avais oubliée depuis longtemps. Tu as retrouvé une maison et une famille que beaucoup de gens passent leur vie à chercher sans réaliser qu'ils l'ont déjà.

— Une famille ? Quelle famille ?

— Sur la terre de la réalité, tout fait partie de la famille, même les lapins et les oiseaux, les poissons et les fleurs, les étoiles, toi et moi. A partir de maintenant, où que tu ailles, où que tu sois, tu seras chez toi car toutes les créatures seront ta famille.

La princesse regarda la beauté des choses autour d'elle, cette beauté qui était aussi la sienne, et elle se sentit en paix parce que remplie d'un sentiment d'appartenance avec ce qui l'entourait.

— Le Temple de la Vérité et le Texte Sacré t'attendent maintenant.

— Le Temple de la Vérité ? s'écria la princesse. Je ne l'ai pas vu. Où est-il ?

— Au sommet de cette montagne, dit la magicienne en se dirigeant vers l'autre côté de la vallée. C'est une promenade très agréable. Ça va te plaire.

— Vous ne venez pas avec moi ?

— Non. Tu dois faire seule cette partie du chemin.

— Mais pourquoi ?

— Parce que c'est seulement si tu es seule que tu entendras la voix de l'Infini.

— Qu'est-ce que c'est ?

— La voix de l'Infini ne s'explique pas. Pour la connaître, il faut en faire l'expérience.

— Vous reverrai-je ? demanda la princesse à qui la magicienne manquait déjà.

— Mais bien sûr, ma chère ! Et plus vite que tu ne le crois, lui répondit la magicienne qui lui envoya un baiser puis disparut dans des volutes de fumée blanche.

Le cœur léger, la princesse traversa la vallée et se dirigea vers le Temple de la Vérité. Lorsqu'elle fut au pied de la montagne, elle vit un saule pleureur monumental dont la silhouette se détachait dans la lumière de cette fin d'après-midi. Ses branches avaient beau ployer, il ne s'élevait pas moins vers le ciel avec force et espoir. Elle resta un moment à regarder l'arbre et se demanda pourquoi il la fascinait tant. Et elle finit par comprendre. Il lui faisait penser à elle — à toute la vie et à toutes les créatures — dans la manière qu'il avait de tendre vers le ciel avec détermination et de transfigurer son fardeau en beauté et en grâce.

Elle posa son sac et s'assit sous l'arbre, la tête appuyée contre le tronc, les yeux fermés. Après quelques minutes, elle se sentit tellement détendue que même la rumeur de ses pensées se tut. C'est à ce moment-là qu'elle l'entendit.

La voix de l'Infini n'était semblable à aucune autre. C'était une voix douce qui s'adressait à son cœur dans un murmure. Au début, la princesse crut que c'était son imagination qui lui jouait des tours.

Mais, tout doucement, la voix parla à nouveau. Ce n'était pas tant ce qu'elle disait qui lui faisait penser qu'il se produisait quelque chose de tout à fait inhabituel, mais plutôt le sentiment qu'elle avait. Elle se sentait en effet apaisée, rassurée, acceptée, enveloppée par l'amour.

— Pourquoi ne m'avez-vous jamais parlé avant ? demanda-t-elle.

— Je t'ai déjà parlé, souvent, mais tu ne m'entendais pas, lui répondit la voix.

Des questions de la plus haute importance se pressèrent dans l'esprit de la princesse.

— J'ai mille questions à vous poser, dit-elle, mal à l'aise, car elle craignait de parler toute seule.

— Quelle que soit la question, la réponse est la vérité, dit la voix. Trouve la vérité et tu sauras tout ce que tu as besoin de savoir.

— Mais l'amour ?

— Là où il y a la vérité, il y a l'amour.

La princesse persista néanmoins dans ses questions.

— Est-ce que c'est ça le sens de la vie ? La vérité et l'amour ?

La voix de l'Infini lui fit la grâce de lui répondre.

— Le sens de la vie est de découvrir le sens de la vie.

Aussi mystérieusement qu'elle était arrivée, la voix disparut.

— Attendez ! Ne partez pas ! Ne me laissez pas ! s'écria la princesse.

Elle craignait en effet qu'en l'absence de la voix, le sentiment d'amour et de réconfort absolus qu'elle avait ressenti s'évanouisse.

— Je fais partie de tout ce qui est, dit la voix. De même que toi. Je suis en toi comme tu es en moi. Nous sommes ensemble pour toujours même si tu penses parfois que nous sommes séparées.

Le grand vide intérieur qu'avait connu la princesse pendant des années se combla d'un sentiment de plénitude, d'appartenance et de paix.

— Vous me le promettez ?

La réponse vint comme un écho lointain porté par le vent :

— Je serai toujours là pour toi. Il suffit que tu appelles et ensuite que tu écoutes.

La princesse eut l'impression que le silence qui suivit la disparition de la voix n'était plus synonyme de vide mais de plénitude.

Puis, balançant joyeusement son sac de voyage au bout de son bras et le cœur battant à l'idée de ce qu'elle allait trouver, elle commença sa montée vers le Temple de la Vérité.

Quatrième partie

Chapitre Dix-sept
Le Temple de la Vérité

Tandis qu'elle escaladait la montagne, la princesse ne vit pas le temps passer. En effet, son esprit était monopolisé par la curiosité : quels secrets merveilleux le Texte Sacré allait-il lui dévoiler ? A quoi ressemblait le temple qu'elle s'apprêtait à découvrir ? Cependant, même les visions les plus extraordinaires de son imagination ne l'avaient pas préparée à la beauté qui s'offrit à ses yeux quand elle arriva.

Dans la douceur du soleil matinal, elle parvint devant deux superbes grilles en fer forgé, blanches, qui s'ouvrirent sous ses yeux pour l'inviter à entrer. C'est alors qu'elle découvrit des colonnes de marbre blanc qui encadraient un majestueux escalier menant à une porte de verre biseauté où scintillaient les rayons du soleil. Le temple était encore plus magnifique que tous les palais qu'elle avait pu visiter dans sa vie de princesse. Des pelouses d'un vert profond, des arbustes au feuillage brillant et des parterres de fleurs aux mille couleurs servaient d'écrin à la magnificence de l'édifice.

La princesse inspira profondément et s'avança dans la cour pavée de grandes dalles de granite en forme de cœur tandis qu'au-dessus d'elle de petits nuages blancs poursuivaient leur course tranquille dans le ciel.

Quelques instants plus tard, elle entendit une multitude de voix murmurer en chœur :

— Pousse… Croît… Grandis… disaient les voix comme pour encourager chaque brin d'herbe, chaque fleur, chaque arbre à pousser.

La princesse comprit rapidement que les voix ne faisaient qu'une : c'était la voix de l'Infini.

Toute la végétation qui l'entourait semblait bouger, se balancer, vibrer au rythme de l'univers et la princesse comprit à ce moment-là, au plus profond d'elle-même, que Doc, la magicienne et la voix de l'Infini lui avaient dit la vérité à propos de qui elle était et de tout ce qui était.

Lorsqu'elle s'approcha des portes du temple, elles s'ouvrirent devant elle.

— J'y suis enfin, dit-elle le cœur battant.

La princesse pénétra dans un vaste hall au centre duquel se tenait une grande fontaine à trois étages. L'eau claire qui en descendait en cascade formait comme des rideaux brillants et résonnait dans toute le hall. La princesse s'avança lentement, accompagnée par le bruit de la fontaine.

A l'autre extrémité du hall, elle découvrit une autre pièce qui lui sembla être la grande salle du temple et ce qu'elle vit lui coupa le souffle. Une alternance de panneaux de marbre blanc et de verre biseauté formaient une vaste rotonde surmontée d'une coupole. En face d'elle, à l'extrémité de la rotonde, la princesse vit une estrade où se tenait un trône drapé du même velours que la cape du roi et entouré de colonnes de marbre blanc surmontées de vases de cristal garnis de

250

dizaines de roses rouges à longues tiges. Le vert des pelouses et les mille couleurs des parterres de fleurs pénétraient par les panneaux de verre biseauté et jetaient une palette chatoyante à l'intérieur de la salle. L'immense coupole filtrait les rayons du soleil qui formaient autant de faisceaux de lumière.

Très impressionnée, la princesse s'avança doucement dans la salle.

— Bonjour ! lança-t-elle en se demandant qui occupait les lieux. Bonjour ! lança-t-elle à nouveau.

Il doit bien y avoir quelqu'un, se dit-elle. Ne sachant pas ce qu'elle devait faire, elle s'avança vers le trône, monta les marches de l'estrade et se dirigea instinctivement vers l'un des vases de roses. Elle se pencha et inspira profondément. Elle s'arrêtait toujours pour humer le parfum des roses même s'il y avait bien longtemps qu'elle ne pouvait plus l'apprécier pleinement.

Elle posa son sac et caressa le velours qui recouvrait le trône.

— Il y a quelqu'un ? lança-t-elle encore en se demandant à qui était le trône. Toujours pas de réponse. Fatiguée par l'ascension de la montagne, elle se laissa tomber dans les plis du velours en espérant que la personne à qui appartenait le trône ne lui dirait rien. Elle eut la même impression que lorsqu'elle était enfant et qu'elle se blottissait dans la cape du roi quand il la prenait dans ses bras, qu'il la serrait contre sa poitrine qu'elle sentait se gonfler de fierté. Elle repensa à son voyage depuis qu'elle était partie. Ç'avait été un voyage long et difficile mais il l'avait amenée là où elle se trouvait aujourd'hui et elle était contente de l'avoir entrepris. Puis elle pensa au Texte Sacré et se dit qu'elle ne l'avait pas encore vu. Elle regarda alors autour d'elle mais ne le vit nulle part.

Soudain, surgi de nulle part, un oiseau bleu vint se poser sur son épaule. Très surprise, elle se demanda d'où il pouvait bien venir. Il y avait bien longtemps qu'un de ses amis ailés ne s'était perché sur son épaule et cela lui procura une grande joie. Elle tendit un doigt vers l'oiseau qui vint s'y poser. Elle abaissa la main et regarda l'oiseau qui avait un corps particulièrement grassouillet.

— Mais je te connais ! s'exclama-t-elle. C'est toi qui venais dans ma cuisine et te posais toujours sur mes pistaches écrasées.

Elle eut l'impression que le regard de l'oiseau devint plus brillant et il se mit à chanter joyeusement.

Puis la princesse entendit le banjo qui accompagnait le chant de l'oiseau, sur le même air. Elle se leva d'un bond, l'oiseau toujours perché sur son doigt.

— Oh Doc ! Doc ! Je suis tellement heureuse de vous voir ! Que faites-vous ?

— Mais j'accompagne l'oiseau bleu du bonheur, bien sûr ! Et dans tous les sens du terme, lui répondit-il en continuant à jouer.

— Cet oiseau est l'oiseau bleu du bonheur ? s'exclama la princesse en regardant avec surprise la petite créature qui gazouillait sur son doigt.

Elle regarda à nouveau l'oiseau dans les yeux.

— Ce n'est pas étonnant alors que je me sois sentie bien à chaque fois que tu venais, mon petit bonhomme. Je suppose qu'on n'a pas besoin de chercher le bonheur ailleurs que dans sa cuisine ou dans sa cour, dit la princesse en riant.

— Ce n'est ni dans les cours ni dans les cuisines qu'on trouve le bonheur, lui répondit Doc. Et ce ne sont pas non plus les oiseaux qui l'apportent, pas même celui-ci. Et le bonheur ne se trouve pas non plus de l'autre côté de la barrière, là où l'herbe semble toujours plus verte que chez soi. Quand on connaît la vérité des choses, le bonheur jaillit de l'intérieur, du plus profond de soi-même.

— Vous voulez dire que l'oiseau bleu n'apporte pas le bonheur ?

— Tout comme le prince charmant, l'oiseau bleu vient nous aider à célébrer notre bonheur. Mais ce n'est pas lui qui l'apporte ni qui en est responsable.

La princesse médita les paroles de Doc tout en écoutant la mélodie de son banjo.

— Vous faites une musique tellement mélodieuse tous les deux. A une époque, le prince et moi faisions aussi une musique mélodieuse, dit la princesse. Oh, j'aimerais tellement pouvoir retrouver ces moments.

— Cela viendra un jour. Mais pour l'instant, il y a d'autres priorités.

— Comme le Texte Sacré ? J'ai regardé partout et je ne l'ai pas trouvé. Les personnes qui s'occupent du temple doivent savoir où il est.

— C'est nous qui nous occupons du temple, lui répondit Doc.

— Mais à qui est le trône ?

— A toi, Princesse.

Il y eut soudain des volutes de fumée blanche au milieu desquelles apparut une silhouette aux cheveux gris qui agitait désespérément les bras pour dissiper la fumée.

— J'espère que suis à l'heure ! s'écria la magicienne à travers la fumée. Je ne voudrais pas avoir raté quelque chose.

— Toi et moi savons comment ne rien rater, dit Doc en lui faisant un clin d'œil malicieux.

— Henry ! Comme je suis contente de te voir ! Et toi aussi ma chère ! fit-elle en se tournant vers la princesse. Je vois que tu es arrivée ici sans encombre. D'ailleurs, je m'en doutais.

Puis, se tournant vers le hibou, la magicienne ajouta :

— Tout est prêt, Henry ?

— Prêt pour quoi ? demanda la princesse.

— Elle n'est pas encore au courant, murmura Doc à la magicienne.

— Au courant de quoi ? demanda Victoria.

— Que nous avons organisé une cérémonie d'intronisation pour toi, lui répondit Doc.

— Ah bon ? Pour moi ? fit la princesse avec un ravissement d'enfant. C'est à ce moment-là que je vais voir le Texte Sacré ?

Mais, avant que Doc n'ait eu le temps de lui répondre, une nuée d'oiseaux arriva dans la grande salle. Avec moult gazouillis, ils tournèrent autour de la princesse et certains se posèrent brièvement sur ses bras et ses épaules.

— Mes vieux amis ! s'exclama-t-elle en reconnaissant les oiseaux de sa jeunesse.

Un par un, ils vinrent se faire caresser la tête et roucoulèrent de plaisir sous les doigts de Victoria.

— Je suis tellement contente de vous revoir ! leur dit-elle. Vous m'avez tellement manqué !

Quand la princesse eut caressé le dernier oiseau, la magicienne prit la parole :

— Princesse, veuille maintenant t'installer sur le trône. Et que chaque invité prenne sa place. La cérémonie va commencer.

Dans un bruissement d'ailes, les oiseaux se placèrent en rangs réguliers, comme au théâtre, face au trône, tandis que la magicienne alla s'installer à côté de la princesse.

Pendant que la princesse s'installait confortablement dans les plis du velours, un pigeon, qui était apparemment en retard, arriva, portant dans le bec deux enveloppes qu'il donna à Doc.

— Qu'est-ce que c'est ? s'enquit la princesse en parlant fort pour couvrir le bruit des oiseaux qui s'étaient remis à gazouiller à l'arrivée du pigeon.

— Ce sont des télépigeongrammes bien sûr, lui répondit Doc. Pour toi. Veux-tu les lire ? lui demanda-t-il en lui tendant les enveloppes.

— Non, c'est mieux que vous les lisiez pour que tout le monde puisse entendre.

Un grand silence se fit et Doc ouvrit la première enveloppe. Il s'éclaircit la gorge et lut :

J'AURAIS BIEN VOULU ÊTRE AVEC TOI POUR CE GRAND MOMENT MAIS JE NE PEUX PAS. POUR DES RAISONS ÉVIDENTES. J'ESPERE QUE TON BONHEUR SERA AUSSI PROFOND QUE L'OCÉAN, AUSSI ÉLEVÉ QUE LA VOÛTE CÉLESTE. SUIS AVEC TOI PAR LE CŒUR ET L'ESPRIT, POUR TOUJOURS. AFFECTUEUSE-MENT, DOLLY.

— C'est vraiment gentil de la part de Dolly, dit la princesse.

Et une ovation de gazouillis emplit la salle. Doc et la magicienne dirent que Dolly exprimait des sentiments vraiment sympathiques et chaleureux qui lui ressemblaient tout à fait.

Puis Doc ouvrit la seconde enveloppe et lut :

FÉLICITATIONS. CONTENT D'APPRENDRE QUE VOUS N'AVEZ PAS PERDU VOTRE TEMPS. J'ESPÈRE QUE VOUS VOUS TAILLEREZ UNE SUPERBE PLACE AU SOLEIL.

Doc leva brièvement les yeux vers la princesse puis regarda à nouveau le télépigeongramme.

— Ensuite, c'est écrit « Sentiments distingués » mais c'est barré. En dessous, c'est écrit « Bien à vous » mais c'est barré aussi. Et encore en dessous, c'est écrit : « Et puis zut ! Affectueusement, Willie Bordeaux ».

— C'est adorable ! dit la princesse en pouffant de rire.

Doc pouffa de rire aussi et dit que le télépigeongramme de Willie était vraiment bien. Les oiseaux firent une ovation de gazouillis et de battements d'ailes. La magicienne trouva le tout extrêmement amusant.

Lorsque les gazouillis, les battements d'ailes, les mots échangés et les rires se calmèrent, Doc prit sa voix de maître de cérémonie et déclara :

— Nous sommes réunis ici aujourd'hui pour te rendre hommage, Princesse, et pour rendre hommage à ta force, à ton courage et à ta détermination dans ta quête de la vérité.

La force, le courage, la détermination… La princesse sourit. Oui, Doc avait raison. Elle ne s'était jamais sentie plus forte, plus courageuse ni plus déterminée qu'aujourd'hui.

— Tu as réussi à traverser les mers déchaînées et les étendues de sable, tu as gravi de hautes montagnes et tu as trouvé ton chemin dans le brouillard, continua Doc. Tu as glissé, tu as trébuché, tu es tombée mais à chaque fois tu t'es relevée et tu as continué ta route. Tu as enduré cela et bien plus encore pour trouver la vérité, la vérité qui devait te guérir et t'apporter la paix et l'amour que tu désires si ardemment.

Sans perdre son attitude très solennelle, Doc ajusta son stéthoscope puis poursuivit :

— Tu as mérité de ton plein droit l'honneur d'être ici aujourd'hui, dans le Temple de la Vérité, et de tenir entre tes mains le précieux Texte Sacré.

— Mais je ne le vois pas, murmura la princesse avec inquiétude à la magicienne.

— Ne t'inquiète pas. Tout vient à point à qui sait attendre, lui répondit celle-ci dans le creux de l'oreille.

Chapitre Dix-huit
Le Texte Sacré

Le temple devint silencieux. Le cœur de la princesse battait si fort qu'elle crut que tout le monde pouvait l'entendre.

La magicienne se tourna vers le mur derrière le trône. Elle leva les bras et de la fumée blanche apparut.

Quelques instants plus tard, un fort grondement se fit entendre qui sembla faire trembler toute la salle. Penchée en avant, la princesse se cramponna aux accoudoirs de son trône. Soudain le mur s'ouvrit et révéla un rouleau de parchemin, d'apparence très fragile, fermé par un sceau en or et posé sur un autel orné de pierres précieuses.

La magicienne, avec une infinie délicatesse, prit le rouleau et le tendit à la princesse. Celle-ci le prit et défit le sceau avec mille précautions.

— J'ai tant attendu ce moment, dit-elle, la voix légèrement tremblante.

— Mais tu as fait mieux que d'attendre, lui rappela la magicienne. Recevoir le Texte Sacré est un honneur que tu as mérité.

Le cœur battant, la princesse déroula le parchemin. On eût dit qu'il avait été calligraphié par un scribe royal et il lui rappela le protocole royal de son enfance.

— Dois-je le lire à haute voix ? demanda la princesse.

— Oui, ma chère, s'il te plaît, lui répondit la magicienne tout en chaussant une vieille paire de lunettes à la monture légèrement tordue qu'elle avait réussi à trouver au fond de son sac. C'est qu'elle voulait pouvoir suivre le texte des yeux.

La princesse inspira lentement, profondément, afin de calmer les battements de son cœur, puis lut à voix haute :

— Le Premier Texte Sacré. Le premier ? fit-elle en levant les yeux du parchemin. N'y en a-t-il pas qu'un seul ? Je n'en ai pas vu d'autres.

— Inutile de parler de cela pour l'instant, lui répondit la magicienne.

— J'espère que cela ne signifie pas ce que je crains, dit la princesse en regardant tour à tour Doc puis la magicienne et à nouveau Doc.

Puis elle reprit sa lecture à voix haute :

PREMIER TEXTE SACRÉ
Ces vérités que nous croyons évidentes
et qui pourtant ne le sont généralement pas.
I
Nous sommes, d'abord et avant tout,
les enfants de l'univers.
Nous sommes des êtres accomplis, beaux et parfaits
dans chaque détail puisque nous sommes tels
que l'Infini nous a conçus.
En conséquence, nous sommes,
de par notre nature même, dignes de respect et d'amour
et il est de notre devoir de ne rien accepter d'autre.

— Et je n'accepterai plus jamais qu'on ne se comporte pas envers moi avec amour et respect, dit la princesse en levant les yeux vers Doc et la magicienne qui acquiescèrent d'un signe de tête. Ceci aurait dû figurer dans le protocole royal qui était accroché au mur de ma chambre et que j'ai eu sous les yeux pendant toute mon enfance.

La princesse baissa les yeux vers le parchemin et poursuivit sa lecture :

II

De même que chaque goutte d'eau contient l'océan,
nous contenons toute la vie. De même que l'océan
va et vient avec le flux et le reflux des marées,
nous allons et venons avec le flux et le reflux de la vie.
Nous devons accepter que la seule constante de la vie est
le changement et que tout est comme il doit être,
même si nous ne comprenons pas pourquoi.

— Entendre parler de l'océan me fait penser à Dolly, dit la princesse. C'est lui qui m'a enseigné les choses de la mer, qui m'a appris à me détendre, à lâcher prise et à me laisser porter par le courant au lieu de lutter contre. C'est dommage qu'il ne soit pas là. Il aurait adoré ce passage.

III

Au sein de la faiblesse réside la force qui ne demande
qu'à se manifester. Au cœur de la douleur se trouve

le plaisir qui ne demande qu'à s'épanouir.
Et c'est au milieu même des obstacles du chemin que
se trouvent les occasions de réussir.
Sachons nous montrer reconnaissants pour
tout ce que ces choses nous enseignent.

Un éclair de compréhension soudaine traversa le visage de la princesse.

— Je n'avais jamais réalisé que c'était grâce à la douleur que le prince m'avait infligée que j'avais appris tout ce que j'ai appris.

— Souviens-toi, nos plus grandes leçons de vie naissent généralement de nos plus grandes douleurs, lui répondit Doc.

La princesse soupira puis reprit sa lecture :

IV
Nous faisons partie d'un grand dessein
dont nous ne serions être maîtres.
Chaque être et chaque chose a sa place
dans ce grand dessein, et une raison d'exister.

Tandis que la princesse poursuivait sa lecture, elle commença à avoir des picotements dans les mains et dans les pieds et une sensation de chaud dans la poitrine. Elle n'avait jamais ressenti pareille chose auparavant.

La magicienne posa sa main sur l'épaule de la princesse.

— Tout va bien, ma chère. Les sensations que tu as sont le résultat de ce que tu penses et de ce que tu crois.

La princesse trouva étrange que la magicienne puisse savoir ce qu'elle ressentait sans qu'elle lui en ait parlé. Elle s'efforça de ne plus y penser et se concentra sur le parchemin.

V

*L'expérience n'est pas toujours synonyme de vérité car
elle est colorée par le regard de chacun.
C'est dans le silence de notre esprit que nous entendons
la vérité. La douce voix qui parle à notre cœur
dans un murmure est celle du Créateur
qui se manifeste en nous et essaie
de nous faire prendre conscience de notre vraie nature,
de ce que nous sommes appelés à être
et que nous savons déjà.*

La princesse repensa à la douce voix de l'Infini qui avait parlé à son cœur et à ce qu'elle avait ressenti à ce moment-là. Progressivement, les picotements de ses mains remontèrent dans ses bras jusqu'au sommet de son crâne puis redescendirent jusqu'à la pointe de ses pieds et la sensation de chaud qu'elle avait dans la poitrine commença à s'étendre. La main devant la bouche, elle s'adressa à la magicienne :

— Excusez-moi, lui murmura-t-elle, mais je me sens vraiment bizarre. Le texte est magnifique mais ce qu'il dit paraît tellement simple et évident. C'est un peu comme si je savais déjà ce qui est écrit.

— Connaître la vérité ne suffit pas, lui murmura la magicienne. Il faut que tu sentes qu'elle fait partie de toi pour que sa magie opère.

— Et c'est ce qui est en train de se passer ? La vérité commence à faire partie de moi ?

— La vérité a toujours fait partie de toi mais tu n'en avais pas conscience.

— Et quand j'en prendrai davantage conscience, serai-je capable de faire des volutes de fumée blanche comme vous ? lui demanda la princesse en pouffant comme une petite fille.

— Il n'y aura pas de fumée blanche, ma chère, mais il y aura néanmoins de la magie. Tu vas bientôt voir ce que je veux dire. Mais pour l'instant, continuons à lire.

VI

Chaque instant est un bouquet de nouvelles possibilités.
Chaque jour est comme un fruit qui attend qu'on le cueille.
Toujours et encore nous moissonnerons la récolte
et prendrons notre part d'abondance sans la gâcher car tout
ce qui existe est précieux.
Et tout ce qui est deviendra trop vite ce qui était.

— Mais tout ce qui était et tout ce qui est ne font qu'un ! s'exclama la magicienne.

La princesse interrompit sa lecture et la regarda, perplexe.

— Pardon, dit la magicienne qui avait véritablement l'air désolé. Je ne voulais pas te couper la parole. De toute façon, ce n'est pas le moment d'aborder ce sujet. Continue, je te prie.

VII

Quand nous avançons sur le chemin de la vérité,
nous sentons couler en nous la beauté et la perfection
de ce que nous sommes, de ce que sont les autres et
de tout ce qui est. Nous avons choisi la voie de la douceur,
de la bonté, de la compassion, de l'acceptation et
de la gratitude. Ces sentiments comblent notre esprit.
Et cette plénitude d'esprit engendre l'amour
dans notre cœur. Et c'est l'amour dans notre cœur
qui engendrera l'amour dans notre vie.

VIII

Quand nous avançons sur le chemin de la vérité,
prenons toujours garde à ce que ce qui est en nous
soit plus important que ce qui se trouve derrière
ou devant nous. Car ce qui est en nous est
le plus grand des trésors, c'est la magnificence de l'univers.

Le silence régnait dans la grande salle. Pas un bruit, pas un mot échangé, pas un seul gazouillis. Une puissante énergie s'irradiait dans le corps de la princesse. Et la chaleur qu'elle ressentait se diffusa de plus en plus et sortit de son corps pour se répandre dans la salle et toucher tous les êtres qui s'y trouvaient puis se répandit au dehors dans les jardins et dans le ciel. La princesse se sentait à la fois légère et grisée et pourtant d'une lucidité telle qu'elle n'en avait jamais connue auparavant.

La princesse comprit soudain pourquoi le Texte Sacré l'avait si profondément touchée. Elle baissa les yeux vers le parchemin qu'elle tenait entre ses mains. Puis elle regarda brièvement Doc, la magicienne et les oiseaux qui se tenaient en rangs serrés et attendaient ardemment.

— Ceci est mon nouveau protocole royal, déclara-t-elle.

Elle fut soudain enveloppée par des volutes de fumée blanche. Lorsqu'elles se dissipèrent, le parchemin avait disparu. A sa place se trouvait une magnifique glace à main gravée de toute petites roses. La princesse était saisie de surprise.

— Qu'est-il advenu du parchemin ? demanda-t-elle inquiète. Je voulais le garder toujours avec moi.

— Ne t'inquiète pas, il est là, lui répondit la magicienne en lui montrant le rouleau. Maintenant, regarde-toi dans la glace, fit-elle avec insistance.

— Je ne vois que moi. Je ne comprends pas.

— Allez, regarde bien, lui dit Doc tout excité parce qu'un halo de lumière, telle une auréole, se voyait de plus en plus visiblement autour de la princesse.

La princesse obéit et regarda à nouveau dans le miroir. Et elle vit dans ses grands yeux dorés un pétillement plus brillant que tous ceux qu'elle avait pu voir dans sa vie, plus brillant même que le pétillement qui brillait dans les yeux de son prince quand il était en adoration devant elle.

Soudain la voix de Vicky rompit le silence.

— Ils ne brillent que pour nous, Victoria ?

— Oui, lui répondit-elle en se regardant plus intensément dans le miroir.

Et elle sut que c'était vrai.

— Personne ne peut nous l'enlever cette fois. Personne ! Jamais ! lança la petite voix tout excitée que Victoria adorait désormais.

Au comble de la joie, la princesse se serra de toutes ses forces dans ses propres bras.

Doc fit un clin d'œil à la magicienne qui souriait, l'air très satisfait. Les oiseaux n'étaient que gazouillis et pépiements.

La voix de Vicky s'éleva au-dessus du vacarme ambiant.

— Je veux te demander quelque chose de vraiment, vraiment important, Victoria.

Les oiseaux se calmèrent et se tournèrent à nouveau vers la princesse.

— Oui, Vicky, fit Victoria en essuyant ses larmes de joie avec le mouchoir que lui avait tendu la magicienne.

— Est-ce que tu promets de m'aimer toujours pour le meilleur et pour le pire et tout ça ?

— Oui, je le promets, lui répondit Victoria. Et je fais serment de m'occuper de toi et de t'écouter et d'essayer de comprendre.

— Est-ce que tu empêcheras qu'on me fasse encore du mal ?

— Ça, je ne peux pas le promettre. Mais je promets d'être toujours là près de toi pour t'aider et te secourir et d'être ta meilleure amie.

— Croix de bois, croix de fer ?

— Oui, Vicky, fit Victoria en posant la glace à main pour pouvoir faire deux fois le signe de croix. Croix de bois, croix de fer, si je mens je vais en enfer.

Victoria leva timidement les yeux et se dit qu'elles devaient avoir l'air bien bêtes toutes les deux. Mais elle fut rassurée par le bon sourire de la magicienne.

Victoria inspira profondément et s'éclaircit la gorge.

— Et toi, Vicky, me promets-tu d'être toujours ma source d'émerveillement et d'innocence, mon lien avec un cœur joyeux ?

— Je le promets, quoi qu'il arrive.

— Et promets-tu de m'offrir ton rire, tes larmes et la douceur de tes chansons ?

— Oui, oui ! Je le promets, je le promets !

Victoria prit une rose dans l'un des vases en cristal et la tint tendrement devant elle.

— Je t'offre cette rose, Vicky, symbole de notre amour.

— Mais elle est pour toi aussi, Victoria. Elle est pour nous, et de notre part ! Et ce n'est pas non plus parce que quelqu'un d'autre a cessé de nous les offrir !

La princesse se leva d'un bond.

— Je n'aurais jamais pu imaginer être aussi heureuse sans un prince ! Vous aviez raison, dit-elle à la magicienne. Quand on sent que la vérité fait partie de soi, c'est magique !

Victoria agita sa rose en l'air et, avec une grâce infinie, mue par une inspiration qui venait du plus profond de son être, elle se mit à valser, tourner et virer en touchant presque le sol pour remonter en tendant les bras vers le ciel sans réaliser que son corps était entouré d'un nimbe de lumière.

Les oiseaux gazouillaient à pleine voix en battant des ailes et en sautillant. Doc accompagnait les meilleurs d'entre eux et la magicienne riait à gorge déployée.

Au milieu de toutes ces manifestations de joie, la princesse se souvint soudain de son conte de fées et elle ne savait pas quoi en penser. Elle appela Doc.

— Quand j'ai entrepris ce voyage, vous m'avez dit que quand j'atteindrais le Temple de la Vérité, je serais proche de voir mon conte de fées se réaliser.

— Et c'est le cas, Princesse. Car pour vraiment aimer quelqu'un, il faut d'abord s'aimer soi-même.

— Oui mais dans les contes de fées, n'y a-t-il pas toujours un prince ?

— Dans les contes qu'on lit aux enfants le soir avant de s'endormir. Mais les vrais contes de fées ont toujours une fin heureuse, avec ou sans prince.

La princesse se demanda pourquoi toute sa vie elle avait rêvé d'un prince charmant au point d'avoir l'impression de n'être plus personne sans son prince. Elle avait eu besoin de l'amour d'un prince et de ses yeux pétillants pour se sentir belle, unique, désirable. Cela montrait bien à quel point on pouvait se tromper, se dit-elle en repensant à ce qu'elle avait appris des princes, des sauvetages en mer et de l'amour. Elle savait maintenant que même si elle souhaitait encore avoir un prince dans sa vie, son bonheur ne dépendrait plus de lui parce qu'elle s'aimait suffisamment pour se rendre heureuse — avec ou sans prince.

— Vous m'avez dit un jour que mon conte de fées pouvait se réaliser mais pas nécessairement comme je le croyais, dit-elle. Je commence à comprendre ce que vous vouliez dire.

Victoria s'assit au bord de son trône, pencha la tête, prit ses joues dans ses mains et ajouta :

— Mais je continue à vouloir trouver un prince qui fera battre mon cœur et qui me fera fondre quand il me regardera.

— C'est une vision bien romantique des choses. Mais on ne choisit pas son vrai prince charmant en regardant un inconnu dans les yeux et en se disant que c'est lui le bon.

— Alors, comment le reconnaîtrai-je ?

— A son esprit pur et à son cœur généreux.

— Vous voulez dire qu'il sera comme dans le Texte Sacré, doux, bon, plein de compassion et tout ça ?

— Oui, répondit Doc. Envers lui-même et envers les autres. Car on traite l'autre comme on se traite soi-même : avec bonté et acceptation ou avec dureté et rejet.

— Est-ce là le secret de l'amour vrai ? demanda la princesse.

— En partie, lui répondit Doc. L'autre partie, c'est d'aimer la personnalité de l'autre.

— Comment cela ?

— Eh bien, on ne peut pas aimer quelqu'un dont on n'aime pas la personnalité. Ce qui veut dire qu'il faut aimer la personne telle qu'elle est et non pas comme on voudrait ou comme on aurait besoin qu'elle soit.

La princesse médita ce qu'elle venait d'entendre puis demanda avec empressement :

— Y a-t-il encore d'autres parties au secret ?

— Oui, beaucoup d'autres. Par exemple se faire confiance l'un l'autre, partager, être les meilleurs amis du monde. Dans l'amour vrai, il s'agit d'être libre et de grandir en maturité plutôt que d'attachement et de limitations. L'amour vrai signifie la paix plutôt que les conflits, la sécurité plutôt que la peur, dit Doc qui se mit à parler plus vite. L'amour vrai est synonyme de compréhension, d'honnêteté, de soutien, d'implication, de proximité et — ah oui, ceci est particulièrement important pour toi, Princesse — de respect. Car lorsque quelqu'un n'est pas traité avec respect, il s'ensuit inévitablement une douleur profonde, perturbante, destructrice, nerveusement épuisante et qui ne fait pas partie de la beauté de l'amour vrai.

— Je connais cela trop bien. Et je sais maintenant que c'était mon devoir de refuser tout ce qui n'était pas du respect, comme dit le Texte Sacré. Mais sûrement que même l'amour vrai connaît des moments difficiles. Je veux dire que parfois les gens s'énervent et disent des choses…

— Oui, mais on peut être énervé par ce qu'a dit ou fait l'autre personne sans pour autant la mépriser ou la maltraiter. L'amour vrai signifie accepter de ne pas être d'accord avec quelqu'un sans pour autant considérer cette personne comme un ennemi ou un adversaire, ne pas être d'accord tout en continuant à considérer la personne comme une amie ou un coéquipier. Car dans l'amour vrai il n'est jamais question de faire la guerre ou de gagner une bataille.

Doc se tenait debout très droit, sa poitrine se gonflait comme celle d'un paon et sa voix se faisait de plus en plus forte et grave. Il continua sur sa lancée :

— L'amour vrai n'est jamais méprisant, jamais avilissant, jamais cruel, jamais agressif, jamais violent. Il transforme une maison en palais, jamais en prison...

— Doc ! Doc ! s'écria la magicienne.

Le hibou s'arrêta brusquement de parler et se mit une aile sur le bec.

— Oh la la ! Je crois que je me suis laissé emporter, dit-il en remettant son aile en place. Je m'excuse mais j'ai tendance à faire cela quand je parle de mon sujet préféré.

— Ce n'est pas grave, c'est aussi mon sujet préféré, soupira la princesse. C'est drôle. J'ai rêvé toute ma vie de trouver l'amour vrai et je ne savais même pas ce que c'était.

— Ce qui explique pourquoi tu as eu du mal à le trouver. On ne peut pas trouver ce qu'on cherche à moins de savoir ce que c'est.

La princesse resta silencieuse et ses yeux se remplirent de larmes. Après quelques instants, elle parla :

— A cause de mon conte de fées, j'ai cru que ce que j'avais était l'amour vrai, fit-elle avec un certain malaise. Je croyais au bonheur du conte de fées malgré l'horreur de la réalité. Et je restais là à attendre et à espérer que mon rêve finisse par se réaliser.

— C'était par le passé. Maintenant nous sommes aujourd'hui. Ton conte de fées peut se réaliser si c'est le bon.

La princesse repensa à ce que disait le Texte Sacré sur la plénitude de l'esprit et sur l'amour qu'on a dans le cœur qui génère l'amour dans la vie et elle s'imagina ce que l'avenir pouvait lui révéler.

— D'après ce que vous me dites, l'amour vrai a l'air encore mieux que tout ce dont j'ai pu rêver sauf qu'on n'a pas le cœur battant et qu'on ne fond pas sous le regard de quelqu'un. C'est triste ! Plus que triste, c'est carrément déprimant.

Doc sourit.

— Je n'ai jamais dit que ton cœur n'allait pas battre et que tu n'allais pas fondre sous le regard d'un prince. J'ai seulement dit que pour choisir son prince, il ne fallait pas s'en remettre uniquement à ces manifestations physiques qui, permets-moi de te le dire, peuvent aussi t'empêcher de voir des panneaux indicateurs importants.

La princesse rougit et essaya de réprimer un gloussement. Puis elle se tut. Doc, la magicienne et les oiseaux attendaient patiemment.

Enfin, la voix tremblante d'émotion, la princesse dit :

— Désormais, j'ai un nouveau conte de fées. Un conte de fées différent et qui est mieux. C'est de vivre heureuse et de trouver l'amour vrai avec un prince charmant qui est heureux pour que nous puissions célébrer notre bonheur ensemble.

— Tu as fait beaucoup de chemin, Princesse, lui dit Doc. Auparavant, tu avais besoin d'aimer pour te sentir bien. Maintenant, tu peux choisir d'aimer parce que tu te sens bien.

— Vivrons-nous en parfaite harmonie, mon prince et moi ? fit la princesse rêveuse, la main sur la joue.

— Ça sera une harmonie parfaite dans son imperfection.

La princesse se dit qu'elle aurait pu trouver cette réponse toute seule.

— Et nos cœurs battront-ils à l'unisson ?

— Non, ils battront ensemble séparément comme deux cœurs qui se sentent unis.

— Oh, ça a l'air merveilleux ! fit la princesse. Mais je ne sais pas comment je vais réussir à le trouver dans toute l'immensité du monde.

— Ne t'inquiète pas, dit la magicienne. Il y a encore beaucoup de choses que tu ne sais pas mais ça viendra.

— Oh non ! s'écria la princesse qui s'enfonça un peu plus profondément dans le velours du trône. J'ai eu un pressentiment quand j'ai vu qu'il était écrit « Premier Texte Sacré ».

— Tu avais raison, lui dit Doc. Notre voyage ne se termine jamais.

— Je croyais que j'en avais terminé avec les escalades difficiles et les fondrières et les cailloux qui roulent sous les pieds et les chocs dans les gros rochers au milieu du chemin. Je croyais que c'était pour cela qu'il y avait cette cérémonie d'intronisation.

— Mais non, c'est pour fêter le commencement.

— Je suis très gênée de poser cette question, mais de quoi est-ce le commencement ? demanda-t-elle inquiète.

— C'est le commencement de la mise en pratique de tes nouvelles connaissances. Vivre la vérité est une partie essentielle de l'apprentissage.

La princesse baissa les yeux et se mit à caresser nerveusement d'un doigt le velours de son accoudoir.

— Qu'y a-t-il ? lui demanda Doc.

— C'est juste que j'ai fait tout ce chemin et que maintenant j'ai l'impression que j'en ai encore autant à faire.

— Ah bon ? Pour aller où ?

— Je ne sais pas exactement. Un endroit où j'aurais l'impression que je suis arrivée là où je dois être.

— Mais la vie est synonyme de mouvement. Car quand on arrive à ce qu'on croyait être sa destination, on ressent inévitablement le besoin d'aller ailleurs. C'est une aventure, Princesse. Une aventure qui nous éclaire et nous enrichit. Sois heureuse. Le meilleur reste encore à venir.

La princesse prit soudain conscience qu'elle entendait indistinctement une musique. Elle tendit l'oreille pour

275

savoir d'où elle venait et son regard se posa avec méfiance sur son sac de voyage qui se trouvait au pied du trône.

— Vas-y, ma chère, lui dit la magicienne.

Lorsqu'elle ouvrit son sac, il s'en échappa les notes claires d'un solo de flûte. Se demandant ce qui avait bien pu arriver à son « Un jour mon prince viendra », elle fouilla dans son sac pour en retirer sa petite boîte à musique. Mais c'est une autre boîte à musique qui apparut. Celle-ci n'était surmontée que d'une seule figurine, et qui lui ressemblait ! Avec une grâce infinie, mue par une inspiration qui venait du plus profond de son être, elle se mit à valser, tourner et virer en touchant presque le sol pour remonter en tendant les bras vers le ciel.

Soudain, on entendit une deuxième flûte. Puis un piccolo. La figurine dansait avec des mouvements de plus en plus amples comme si elle était littéralement emportée par la musique. Puis il y eut des clarinettes et la musique se fit plus riche, plus intense. La figurine semblait prise dans une valse éperdue et s'abandonner à la musique.

— Que se passe-t-il ? demanda la princesse qui se dit que c'était sûrement un tour de la magicienne.

La magicienne jubilait.

— Regarde bien, lui dit-elle.

Avec l'arrivée des violons, la musique devint encore plus intense et captivante. La danse passionnée de la figurine fascinait la princesse. La musique continua de s'amplifier, faisant vibrer tout son corps qui ne fit bientôt plus qu'un avec la musique. Elle regarda la magicienne avec de grands yeux.

— Ce n'est pas fini. Le meilleur reste à venir, dit la magicienne en levant la voix pour se faire entendre malgré la musique.

— Le meilleur ? fit la princesse incrédule. Mais comment cela pourrait-il être mieux ?

— Tu vas voir, regarde !

Quel ne fut pas l'étonnement de Victoria quand elle regarda à nouveau la boîte à musique et qu'elle vit que la figurine de la petite princesse dansait dans les bras d'un beau prince. Ensemble, ils tournaient, glissaient, valsaient en parfaite harmonie. Des violoncelles se joignirent bientôt à l'orchestre, la musique s'amplifia encore et le petit couple princier se mit à valser de plus en plus vite. Puis vinrent d'autres instruments et la musique s'amplifia au point de remplir la grande salle qui vibrait au bruit des timbales tandis que les parois de verre biseauté résonnaient avec les cymbales. La petite princesse et son beau prince, pris d'un fou rire inextinguible, tombèrent dans les bras l'un de l'autre.

Stupéfaite, la princesse leva à nouveau les yeux vers la magicienne qui était visiblement très fière de sa réalisation.

— C'est un petit cadeau d'intronisation, dit-elle. Qui symbolise ton nouveau conte de fées.

La princesse s'empara de la boîte à musique qu'elle serra contre sa poitrine.

— Oh je l'adore ! s'exclama-t-elle. Je vais l'écouter souvent. Et elle me rappellera à chaque fois que je me suffis à moi-même et que l'amour que j'ai au cœur va engendrer l'amour dans ma vie et que tout se passera comme il se doit et au bon moment car il en est toujours ainsi, déclara-t-elle comme si elle l'avait toujours su.

La magicienne était très satisfaite de la réponse de la princesse.

— Tu as bien appris tes leçons, ma chère, dit-elle.

— Merci, lui répondit la princesse, rayonnante de fierté. Maintenant, il faut que je les vive.

— Assurément, dit la magicienne.

— Assurément, dit Doc.

— Et je vais les vivre, parfaitement.

— Parfaitement ? lui demanda la magicienne d'un air sceptique.

— Parfaitement ? lui demanda Doc, l'air inquiet.

Mais la princesse ne dit rien. Seule une vague de gazouillis étouffés parcourut la salle. La princesse leva les sourcils et s'efforça de réprimer un sourire qui lui éclairait déjà le visage.

— Oui, parfaitement. Aussi parfaitement que toute princesse imparfaite peut les vivre ! finit-elle par dire en éclatant de rire.

Doc et la magicienne éclatèrent de rire à leur tour et les oiseaux se surpassèrent en pépiements, gazouillis, battements d'ailes et sautillements. Ils vinrent former un cercle joyeux autour de la princesse.

Après quelques instants, la magicienne parla.

— Le moment de ton départ est arrivé.

— Maintenant ? Mais je m'amuse tellement ici !

— Oui, maintenant, ma chère, lui répondit la magicienne.

— Mais où vais-je aller ? demanda la princesse.

Elle se souvint aussitôt qu'elle avait posé la même question quand elle avait quitté le prince pour prendre le chemin de la vérité. Elle réalisa également que son cœur battait aussi fort qu'à son premier départ, il y avait longtemps, mais qu'aujourd'hui elle était plus excitée qu'effrayée.

— Tu vas continuer ta route sur le chemin de la vérité, lui répondit Doc. Tu vas redescendre par l'autre versant de la montagne pour aller à la rencontre de l'aventure qui t'attend.

— L'aventure qui éclaire et qui enrichit, n'est-ce pas, Doc ?

— Oui, Princesse. Car il y a toujours des nouveaux chemins à se frayer et des nouvelles chansons à chanter. Ce qui me rappelle que nous avons organisé un concert en plein air pour fêter ton départ.

— C'est merveilleux ! répondit la princesse.

Elle rangea sa boîte à musique dans son sac de voyage. Puis elle prit les télépigeongrammes que Doc avait posés sur une colonne et le Texte Sacré que la magicienne avait enroulé avant de le lui donner, et elle rangea soigneusement le tout dans son sac.

— Est-ce que je peux prendre cela aussi ? demanda-t-elle en tendant la main vers le petit miroir.

— Bien sûr, lui répondit la magicienne. Je l'ai fait apparaître spécialement pour toi, tout comme les roses et le reste, ma chère.

La princesse enveloppa la glace dans l'écharpe en laine qui protégeait déjà ses pantoufles de vair puis elle ferma son sac.

Accompagnées de Doc qui voletait à leurs côtés et suivies de tous les oiseaux qui formaient une nuée joyeuse derrière elles, la princesse et la magicienne quittèrent la grande rotonde bras dessus, bras dessous, traversèrent le hall d'entrée puis la cour et sortirent, sous le soleil de cette fin d'après-midi, par les grilles en fer forgé peintes en blanc.

— Un grand merci pour tout ce que vous avez fait pour moi, dit la princesse qui posa son sac pour serrer Doc et la magicienne dans ses bras. Vous reverrai-je ? leur demanda-t-elle car elle avait du mal à les quitter.

Mais, avant que ses amis n'aient eu le temps de lui répondre, la princesse se souvint de ce que Dolly lui avait dit en partant :

— Je sais, dit-elle. Ceux qu'on porte dans son cœur sont toujours près de nous.

L'air extasié, Doc sortit son banjo et son canotier de sa sacoche noire et mit son canotier sur sa tête en l'ajustant d'un coup d'aile. Puis, accompagné de son banjo, il chanta :

— Et quand sur le chemin tu t'en iras
Même s'il te mène très loin, où que tu sois
N'oublie pas ce que ton cœur t'a dicté :

Les contes de fées peuvent se réaliser.

La princesse resta un moment à les écouter puis serra à nouveau brièvement dans ses bras Doc et la magicienne. Elle prit son sac de voyage puis regarda tendrement le groupe débordant d'amour qui se tenait devant elle car elle voulait graver cet instant dans sa mémoire, se souvenir exactement de chacun et de la sensation qui l'habitait.

— Continuez à jouer, dit-elle d'une voix aussi mélodieuse que la plus douce des chansons jamais chantée.

— Que la musique continue à jouer, cela dépend désormais entièrement de toi, fit Doc en dépliant ses ailes de telle sorte qu'elles s'élevèrent au-dessus de la tête de la princesse. Va, Princesse, et vis ta plus haute vérité.

— Oui, répondit-elle avec conviction.

L'auréole de lumière qui l'entourait brillait plus que jamais.

Elle fit demi-tour et se dirigea vers l'autre versant de la montagne. Son impatience de connaître les merveilles de sa nouvelle vie croissait à chaque pas. Pourtant, une pointe de tristesse lui serrait le cœur. Ne sachant pas si ni quand elle reverrait ses amis bien-aimés, elle s'arrêta et se retourna pour leur faire un dernier signe d'adieu.

A son grand étonnement, il n'y avait plus rien ni personne. Le temple, Doc, la magicienne, les oiseaux, plus rien ni personne ! Comment était-ce possible ?

N'arrivant pas à croire une telle chose, elle se frotta les yeux et regarda à nouveau. Il n'y avait plus rien du tout.

Elle inspira profondément et calmement et, progressivement, elle prit conscience d'un murmure familier dont l'écho résonnait de sommet en sommet. Elle écouta ardemment.

— Aie la foi... Aie confiance... Crois..., disait l'écho.

A ce moment-là, presque imperceptiblement, elle entendit une nouvelle version de la chanson de Doc : Les contes de fées peuvent se réaliser. Au départ, la princesse était perplexe. Un moment passa puis une soudaine compréhension la frappa comme un éclair : la musique venait de son cœur !

Le sourire au lèvres, le pas léger, une chanson au cœur, elle descendit de la montagne dans les mille chatoiements du soleil couchant.

Le commencement

Catalogue gratuit sur simple demande

Adressée aux Editions Vivez Soleil

SUISSE :
CP 313, CH-1225 Chêne-Bourg / Genève
Tél. : (022) 349.20.92

FRANCE :
BP 18, F-74103 Annemasse Cedex
Tél. : 04.50.87.27.09
Fax : 04.50.87.27.13

Editions
Vivez Soleil

Beaucoup de gens croient que la maladie survient par hasard et que la santé consiste surtout à vivre comme un ascète en se privant des plaisirs de la vie ! Au fil des livres et cassettes des Éditions Vivez Soleil une autre vision émerge. Oui, il est possible de sortir de l'ignorance, de la peur et de la maladie sans se priver ni se marginaliser. Oui, la santé, ça s'apprend !

Par une démarche personnelle d'information et d'expériences agréables et intéressantes, chacun peut sortir de la prison des habitudes et trouver l'équilibre du corps, du cœur, de la tête et de l'âme qui mène vers le bien-être, l'enthousiasme, la créativité et le bonheur.

A travers leurs collections SANTÉ, DÉVELOPPEMENT PERSONNEL, DOSSIERS, PERLES DE L'ÂME, EXPÉRIENCES VÉCUES, COMMUNICATION SPIRITUELLE, les Éditions Vivez Soleil présentent les moyens les plus efficaces pour gérer sa vie et sa santé avec succès. Elles montrent la complémentarité de toutes les écoles de pensée et œuvrent pour une société plus harmonieuse, plus agréable à vivre, où la compétition est remplacée par la collaboration, le stress par l'humour et l'amour du pouvoir par le pouvoir de l'amour.

Dans
la même collection...

LE CHEVALIER À L'ARMURE ROUILLÉE
Robert Fisher

Il y a fort longtemps, un vaillant chevalier combattait les méchants, tuait les dragons et sauvait les demoiselles en détresse. Il se croyait bon, gentil et plein d'amour. Il était très fier de sa magnifique armure qui brillait de mille feux, et ne la quittait jamais, même pour dormir. Seulement, un beau jour, en voulant l'enlever, il se retrouva coincé...

160 pages

UTILISE CE QUE TU ES
Fun Chang

....Un empereur de Chine s'interroge sur le sens de la vie. Il rencontre un vieux sage qui lui apprend à vivre au présent, en se laissant guider par son intuition pour "utiliser ce qu'il est".

Avec la sagesse universelle, à l'école de la tolérance et du respect des vérités individuelles, chacun découvrira, dans ce conte chinois, ce qui peut lui être utile, ce qui est vrai pour lui.

128 pages

LES SERVICES SECRETS DU CIEL
Brigitte Biondi

Savez-vous que dans l'espace, quelque part au-dessus de nos têtes, une équipe de travailleurs honnêtes et dévoués s'efforce d'effacer les méfaits de notre pollution tant physique que mentale ? Les anges Gabriel et Divina font partie de cette équipe, mais lorsqu'arrive un homme égoïste et auteur de bien des forfaits, la tâche est rude. Et pourtant, l'amour que l'on donne constitue toujours une solution miraculeuse...

224 pages

Achevé d'imprimer sur rotative
par l'Imprimerie Darantiere à Dijon-Quetigny
en janvier 1997

Dépôt légal : 1er trimestre 1997
N° d'impression : 97-0032